insel taschenbuch 4898
Maurice Leblanc
Arsène Lupin: Lupins letzte Liebe

AF197744

Er ist wieder da: Arsène Lupin, galanter Gentleman und gerechter Dieb, der sich selbst aus den gefährlichsten Situationen mit Bravour und Leichtigkeit zu retten vermag. Er ist ein Meister der Verkleidungskunst und betört mit seinem unwiderstehlichen Charme die Damenwelt.

Dezember 1921. Arsène Lupin hat sich zur Ruhe gesetzt und widmet sich wohltätigen Zwecken. Bei einem Diner lernt er Cora de Lerne kennen, eine reiche Erbin, die von unbekannten Kräften verfolgt wird. Lupin beschließt, der jungen Frau beizustehen. Gleichzeitig haben es die Unbekannten auf ein mysteriöses Buch abgesehen, das im Besitz von Lupins Familie ist und brisante Informationen über die britische Krone enthält ... Lupin und Cora finden sich plötzlich in einem Katz-und-Maus-Spiel über Ländergrenzen hinweg wieder, bei dem Lupins Kunstfertigkeiten einmal mehr gefragt sind.

Historische Intrigen, falsche Fährten, Täuschungen und Verrat an jeder Ecke – all die Zutaten eines spannenden Lupins sind in dieser Geschichte voller überraschender Wendungen vereint.

Maurice Leblanc (1864-1941) war ein französischer Schriftsteller. Er schrieb Kriminal- und Abenteuerromane sowie Kurzgeschichten. Über die Figur des Meisterdiebs Arsène Lupin schrieb er 20 Romane. *Lupins letzte Liebe* ist 1936 entstanden und 2012 posthum erschienen.

Nadine Lipp studierte Französische, Deutsche und Spanische Philologie in Göttingen, Toulouse und Berlin. Sie arbeitet als Lektorin und Übersetzerin aus dem Französischen, Englischen, Spanischen und Rumänischen.

Im insel taschenbuch liegen außerdem vor: *Die Gräfin von Cagliostro oder Die Jugend des Arsène Lupin* (it 3463) und *Arsène Lupin und der Schatz der Könige von Frankreich* (it 3464).

Maurice Leblanc

ARSÈNE LUPIN

Lupins letzte Liebe

Kriminalroman

Aus dem Französischen von Nadine Lipp

INSEL VERLAG

Die Originalausgabe erschien 2014 unter dem Titel
Le dernier amour d'Arsène Lupin bei
La Librairie Générale Française, Paris.

Erste Auflage 2021
insel taschenbuch 4898
© La Librairie Générale Française, 2014
Alle Rechte vorbehalten, insbesondere das des
öffentlichen Vortrags sowie der Übertragung durch
Rundfunk und Fernsehen, auch einzelner Teile.
Kein Teil des Werkes darf in irgendeiner Form
(durch Fotografie, Mikrofilm oder andere Verfahren)
ohne schriftliche Genehmigung des Verlages
reproduziert oder unter Verwendung elektronischer Systeme
verarbeitet, vervielfältigt oder verbreitet werden.
Vertrieb durch den Suhrkamp Taschenbuch Verlag
Umschlagabbildung: Roger-Viollet/ullstein bild, Berlin
Satz: Satz-Offizin Hümmer GmbH, Waldbüttelbrunn
Druck: CPI books GmbH, Leck
Printed in Germany
ISBN 978-3-458-68198-4

Prolog

Ein Vorfahr von Arsène Lupin

»Hotelier, ist General Lupin da?«

»Jawohl, Herr Oberst. Er schläft, er war hundemüde, als er vorhin angekommen ist.«

Oberst Barabas steht keuchend im Flur, nachdem er die Treppen zum Gasthof in der Marne, in dem die Truppen Quartier bezogen haben, hochgestürmt ist.

»Er schläft? Weck ihn auf.«

»Unmöglich, Herr Oberst. Das wird ihm nicht recht sein.«

»Weck ihn auf, sag ich.«

»Ich traue mich nicht ...«

»Es muss sein, es ist eilig.«

»Aber, Herr Oberst ...«

»Kaiserliche Anordnung.«

»Anwesend!«, ruft eine entfernte Stimme.

Eine Tür wird mit Wucht geöffnet und ein hochgewachsener Mann im Nachthemd tritt auf die Schwelle. Er wiederholt: »Anwesend!«

Als er den Oberst erkennt, fügt er in einem herzlichen Ton hinzu: »Ach, du bist es, Barabas, was gibt es? Komm herein.«

Die beiden Männer betreten das Zimmer, in dem überall Militärkleidung herumliegt.

»Hast du geschlafen?«, fragt der Oberst. »Hast du gegessen?«

»Ich habe keinen Hunger.«

»Zieh dich an. Der Kaiser braucht dich.«

Bei diesen Worten fängt General Lupin sogleich an, seine Uniform anzuziehen, als würde ihm ein Ruck durch die Glieder fahren, während er den Besucher fragt: »Worum geht es?«

»Eine Mission, die nur du erfüllen kannst.«

»Sie kann bereits als erfüllt gelten.« Er öffnet die Tür und ruft: »Brichanteau!«

Die Ordonnanz tritt ein: »Herr General ...?«

»Lass Kleopatra satteln. Es ist dringend! Und benachrichtige meinen Adjutanten Darnier, er soll sich fertig machen, er begleitet mich. Und er soll ein paar Männer aussuchen, die ebenfalls mitkommen. Ich bin auf dem Weg zum Kaiser, wir haben keine Zeit zu verlieren.«

Brichanteau läuft im Sturmschritt los.

Im Handumdrehen ist General Lupin vollständig angekleidet. Beim Hinabsteigen der Treppe bleibt er stehen und wendet sich besorgt an seinen Begleiter: »Barabas, die zuletzt gewonnene Schlacht, die ist doch nicht verloren?«

»Nein, Herr General. Ein vom Kaiser errungener Sieg verfestigt sich erst mit der Zeit.«

Vor dem Gasthaus scharren die angeschirrten Pferde mit den Hufen, die ausgewählten Offiziere treffen ein. General Lupin steigt in den Sattel und befiehlt: »Galopp!«

In einer Staubwolke galoppiert das Kommando zum Hauptquartier. Oberst Barabas führt sie in die kleine Stadt, in der der Kaiser logiert. General Lupin ist ihm zu Diensten.

Es ist Abend geworden und die beiden Männer reiten schweigend nebeneinanderher. Lupin beschäftigen noch die Gedanken von vorhin, er fragt: »Der Sieg ist also sicher?«

»Das weißt du doch! Du hast maßgeblich zu diesem Erfolg

beigetragen! Der Kaiser hat es vorhin wiederholt: ›Ohne General Lupins Einsatz wäre Montmirail verloren gewesen ... es würde jetzt nicht mehr zu Frankreich gehören.‹«

»So, so! Die Schlacht von Montmirail wurde also von einem Brigadegeneral gewonnen?«

»Nein! Du bist jetzt Generalmajor, das wirst du morgen offiziell erfahren.«

General Lupin nickt und kann eine gewisse Überraschung nicht verbergen: »Eine Wahrsagerin hat es mir kürzlich prophezeit. Sie hat auch gesagt, dass ich bald heiraten werde. Und dass einer meiner Nachkommen Arsène heißen und weltberühmt werden wird. Nun muss ich ihr wohl Glauben schenken.«

Oberst Barabas lächelt schweigend. Sie ziehen die Zügel an. Man hört nur noch das muntere, rhythmische Stampfen der Pferdehufe und einige friedliche Geräusche aus der Abendlandschaft.

Eine Dreiviertelstunde später erreicht das Kommando ein Provinzhotel, wo ein ungewöhnlich reges Treiben der Truppen herrscht. Viele Schaulustige haben sich auf dem Platz vor dem Hotel versammelt und blicken zu einem beleuchteten Fenster; dann werden lange Vorhänge zugezogen: Dort ist er, der Mann von Rang und Namen, der über das Schicksal des bedrohten Frankreichs entscheidet. Alle Hoffnungen sind auf ihn gerichtet.

Nach ein paar kurzen Unterweisungen steigt der Trupp ab. Barabas und Lupin begrüßen den Wachposten und eilen in den ersten Stock. Hier wird Lupin in ein Zimmer geführt, das zu einem Büro umfunktioniert wurde.

Der Kaiser ist allein. Er sitzt an einem Tisch im hinteren Teil des Raumes und arbeitet; vor ihm liegen ausgebreitete Karten. An diesem Abend Mitte Februar ist es noch recht kühl, im Kamin lodern Holzscheite. Auf einem Sessel liegen der legendäre Zweispitz und der berühmte graue Gehrock.

»Ah, Lupin, bist du es?«

»Zu Befehl, Sire. Bin ich zu spät?«

»Nein, nein ... ich habe dich erst in einer Viertelstunde erwartet.«

Der General, der strammgestanden hatte, lockert seine Haltung. Napoleon ist aufgestanden und auf den Kamin zugegangen: Der Schein des Feuers trifft sein aufgedunsenes Gesicht. Er trägt Landbekleidung, eine grüne Jacke mit weißem Revers, weiße Reithosen; seine Stiefel klappern auf dem Boden, während er zu einer Anrichte geht.

Darauf steht eine offene Kiste mit Tassen und Tellern aus Silbergold, daneben eine Zwischenmahlzeit aus verschiedenen kalten Fleischsorten. Der Kaiser dreht sich um und fragt Lupin: »Hast du geschlafen?«

»Nein, Sire, das muss ich nicht.«

»Hast du Hunger?«

»Ich weiß nicht.«

Er deutet auf einen Stuhl und befiehlt ihm, sich an den kleinen Sockeltisch zu setzen: »Nimm Platz und iss, ich werde dir etwas auftun.«

Der General macht eine ablehnende Geste, aber der Kaiser stellt ihm bereits einen Teller hin. Er hat ihn aus seiner Feldausrüstung genommen und vier oder fünf Scheiben Fleisch darauf gehäuft.

»Iss«, wiederholt der Kaiser und reicht ihm Besteck, etwas Brot und ein Glas Rosé.

Lupin gehorcht. Um keine Zeit zu verlieren, fragt er nach seiner Mission: »Worum geht es, Sire?«

»Kennst du das Château d'Alsace, an der Grenze?«

»Führt mich meine Mission dorthin? Ja, ich kenne es und sogar den Gouverneur Lampathi.«

»Nun, in diesem Schloss wird ein Komplott geschmiedet.«

»Ich soll also die Komplottisten festnehmen?«

Napoleon gestikuliert Zustimmung und schreitet dann nervös im Zimmer auf und ab, während sein Gesprächspartner sein Essen hinunterschlingt. Als er aufgegessen hat, wischt sich Letzterer, der nachgedacht hat, mit dem Handrücken über seinen herabfallenden Schnurrbart. Dann steht er auf, stellt sich vor seinen obersten Befehlshaber und hält ihm schonungslos entgegen: »Verzeihen Sie, Sire, das wird aber nicht so eine Affäre wie beim Duc d'Enghien? Denn auf so etwas lasse ich mich nicht ein! Ich bin ein Soldat und kein Polizist. Und das Ganze würde für Sie genauso schlecht ausgehen wie für mich, das sage ich Ihnen ganz offen.«

»Keine Sorge, ich weiß, was ich tue!«, schreit Napoleon ihn an und tritt wütend gegen ein Holzscheit, aus dem ein Funkenregen fliegt.

Der Wutausbruch hält nur kurz an, denn die direkte Offenheit seines treuen Waffengefährten gefällt ihm. Er legt eine Hand auf seine Schulter und versichert ihm: »Nein, das wird nicht wie beim Duc d'Enghien, sei unbesorgt ... Du wirst in dem Schloss auf die Comtesse de Montcalmet stoßen und ihr ein Buch entwenden, das sie immer bei sich trägt. Du wirst es mir bringen. Es ist die englische Ausgabe des französischen Buches, das du in deinem Besitz hattest, du weißt schon, das *Buch der Vernunft* der Montcalmets. Eine Art Erinnerungsbuch französischer Familien, in dem Ereignisse, Erfahrungen und intime Geheimnisse festgehalten und über Generationen weitergegeben werden. Ich brauche genau diese englische Ausgabe, weil sie Passagen enthält, die in der französischen fehlen – und zwar die Berichte der Jeanne d'Arc. Sie enthüllen die hohen Direktiven der englischen Politik, die Jeanne hier und da aufgeschnappt hat, während sie innerhalb der Truppen die Stellung gewechselt hat. Darin stehen Informationen wie etwa diese:

Wer die ganze Erde hat, hat alles Gold.
Wer das ganze Gold hat, hat die ganze Erde.
Wir müssen England zum Kap führen.
Das ganze südliche Afrika, wir müssen es haben.«

»Ja«, bemerkte Lupin, »und während die Engländer damit beschäftigt waren, kämpfte meine Familie darum, dass Kanada an Frankreich geht, nachdem es die Engländer übernommen hatten ... und vor allem Montcalm.«

»Das ist richtig«, fuhr der Kaiser fort, »aber ich möchte dieses Buch ganz lesen, es wird mir von Nutzen sein.«

»Ihr sollt es bekommen, Sire.«

»Nimm fünfzig Männer mit: Die Ehemänner meiner Schwestern, Talleyrand ... all diese kleingeistigen Leute komplottieren, sie werden alle dort sein.«

»Das Schloss gehört Marmont?«

»Er ist der Anführer der Komplottisten!«

»Gibt es keinen weiteren Anführer?«

»Doch, Madame de Montcalmet, sie ist Marmonts Mätresse. Du wirst mir all diese Verräter herbringen.«

»Das werde ich, Sire. Aber, sagen Sie, kann ich mit einer Belohnung rechnen?«

»Der Marschallstab – wäre das was?«

»Ein neuer?«

»Nein, der von Marmont. Das ist nicht schlecht. Du sagst gar nichts, wünschst du dir etwas anderes?«

»Vielleicht ... die Frau ...«

»Oh nein, sie gefällt mir, ich behalte sie für mich, rühr sie nicht an!«

Lupin schweigt kurz und fährt dann fort: »Hören Sie, Sire. Im Norden haben immer nur zwei Familien das Sagen gehabt: die Montcalmets und die Cabot-Lupins. Seit Jahrhunderten sind sie verfeindet. Der Hass, der sie entzweit hat, hat zu einer Reihe von Morden, Entehrungen, Diebstählen und ... Schändungen geführt, und, sehen Sie, in Bezug auf Letzteres liegen wir, die Cabot-Lupins, zwei oder drei Züge zurück. Deshalb hätte ich nichts dagegen, die Montcalmet ein wenig zu ...«

Ein Lächeln entspannt die Gesichtszüge des Kaisers: »Du bist ja ein Gourmand! Wir werden sehen. Bring mir zuerst das Buch ... und die Frau.«

»Sire, die Montcalmet ist meine Cousine und ... ich werde sie heiraten.«

»Sie ist auch die Geliebte des Königs von England! Außerdem sollten wir erst im Anschluss über deine Belohnung sprechen!«

Napoleon sieht auf seine Uhr und fährt dann fort: »Du kannst jetzt zehn Minuten schlafen, wenn du willst, ich wecke dich.«

»Ich bin nicht müde, Sire. Ich trommle meine Männer zusammen, und wir brechen auf.«

Der Kaiser bleibt allein zurück, er steht nachdenklich und regungslos da.

Wenige Minuten später ertönt auf dem Kopfsteinpflaster des kleinen Platzes das ihm vertraute Geräusch einer aufbrechenden Reitergruppe.

Langsam kehrt er zu seinem Arbeitstisch zurück, setzt sich schwerfällig hin, nimmt die Lupe in die Hand und das Studium

seiner Karten wieder auf – die überragende Gestalt eines Kämp-
fers, der schon bald darauf die Bühne der Welt verlassen und in
die Geschichte eingehen sollte.

Die Grotte der Calypso

Nach einem steten Galopp kommt General Lupins Truppe an einem stattlichen, modernisierten Herrschaftssitz an, der einige Relikte beibehalten hat: der Wassergraben und eine hochgezogene Zugbrücke verhindern den direkten Zugang.

Der General hat seine Männer über den ganzen Park rund um die Schlossmauern verteilt. Nun schreitet er auf die niedrige Tür eines Pavillons zu, der diesseits des Grabens liegt. Kräftig klopft er mit seinem Schwertknauf gegen die Tür. Stimmengewirr ertönt. Nach kurzer Zeit öffnet ein Diener. Lupin herrscht ihn an: »Die sind ja regelrecht abgeriegelt da drin! Ist Gouverneur Lampathi da? Holen Sie ihn her. Für General Lupin.«

Der Lakai verschwindet wortlos und die Zugbrücke wird heruntergelassen.

Kurz darauf erscheint der Gouverneur: »Guten Abend, General. Sie wünschen?«

»Zu Ihren Gästen zu stoßen.«

»Nichts einfacher als das.«

Der Gouverneur führt ihn sicheren Schrittes durch den Schlossgarten. Über die Außentreppe betreten sie das Hauptgebäude und durchqueren mehrere leere Räume, bevor sie eine Steintreppe in einen abseitigen Teil hinabsteigen. Es ist eine natürliche Tropfsteinhöhle, die als Salon eingerichtet wurde; zwischen den Stalaktiten hängen farblich harmonierende Vorhänge. Etwa ein Dutzend Männer sitzen an Spieltischen, sie sind derart in ihr Kartenspiel vertieft, dass sie kaum die Köpfe heben.

Lupin stellt sich vor sie und ruft ihnen zu: »Hier wird also komplottiert? Ihr werdet mir alle folgen. Kaiserlicher Befehl!«

Die Männer stehen auf. Lupin zählt sie freundlich auf: »Sieh mal einer an, guten Tag Bernadotte. Bonjour Marmont. Ist die Montcalmet auch da?«

Mehrere Stimmen beteuern: »Die Montcalmet?! Kennen wir nicht ...«

»Na los!«

Allein Marmont leugnet nicht, ironisch sagt er: »Wer sagt denn, dass sie nicht geflohen ist, während du dich genähert hast?«

»Unmöglich, Kamerad«, antwortet Lupin, »alle Ausgänge sind bewacht, ich bin kein Anfänger. Dir bleibt also nichts übrig, als mich zu ihr zu führen.«

Marmont kann dem nichts mehr entgegenstellen, also gehorcht er. Er öffnet eine hinter einem Vorhang versteckte Gittertür. Der General betritt ein kurioses Boudoir. Es ist in einer künstlichen Tropfsteinhöhle eingerichtet worden, die sich in direkter Fortsetzung zur natürlichen Höhle befindet. Dieselben Stalaktiten – diese hier künstlich –, dieselben Vorhänge aus geschmeidiger altrosa Seide; die Einrichtung nüchtern: ein Sockeltisch, ein Sekretär und ein paar Stühle von erlesenem Geschmack.

Auf einer riesigen Ottomane liegt eine Frau und hält ein Buch in der Hand. Sie trägt ein tief ausgeschnittenes Kleid in einem etwas helleren Rosaton als der der Vorhänge; sie ist groß und sehr schön. Ihr rötlich braunes Haar glänzt im Licht einer Fackel.

Beim Eintreten des Besuchers richtet sie sich wenig überrascht auf: »Sieh an, General Lupin!«

»Ich bin es! Bonjour, Cousine.«

»Was machen Sie hier?«

»Stellen Sie sich vor, ich bin gekommen, um Sie zu verhaften!«

»Mich verhaften?«

»Ja, und Sie wissen, warum. Sie werden mir folgen. Kaiserlicher Befehl.«

»Moment mal! Nicht so schnell, mein lieber Cousin! Ihnen zu folgen bin ich wohl verpflichtet, dem werde ich mich nicht widersetzen können, aber ich möchte nicht, dass Sie mich zu Napoleon führen. Ich weigere mich, diesen Mann zu treffen, denn er giert nach mir.«

»Es gäbe da eine Möglichkeit, ihm zu entkommen«, schlägt Lupin vor. »Geben Sie sich mir hin.«

Die Frau lacht verächtlich.

Der General hat sich ihr genähert, nun kniet er neben ihr, streichelt ihre nackten Arme und küsst ihre weißen Schultern. Er flüstert: »Werden Sie die Meine. Ich sehne mich so sehr nach Ihnen ...«

Sehr schnell begreift sie, welchen Vorteil sie aus dieser heftigen Leidenschaft ziehen kann: »Wenn ich mich Ihnen hingebe, helfen Sie mir dann, zu fliehen? Unter dieser Bedingung wäre ich einverstanden.«

»Ist das ein Geschäft?«

»Ein sehr faires, wie mir scheint ...«

Lupin ist aufgestanden: »Einverstanden«, sagt er. »Aber Sie werden mir das Buch geben, das Sie in der Hand halten. Es ist das *Buch der Vernunft* der Montcalmets, nicht wahr? Die englische Ausgabe?«

»Was haben Sie damit vor?«

»Ich werde es dem Kaiser geben, er wartet darauf.«

»Und wenn ich mich weigere?«

»Dann werden meine Männer Sie gefangen nehmen und zu den Tuilerien bringen. Sie können nicht entkommen, das Grundstück ist umstellt.«

Die Comtesse de Montcalmet denkt nach und begreift, dass es keinen anderen Ausweg gibt. Sie muss sich der Hilfe dieses stolzen, naiven und verliebten Soldaten versichern, der nun wieder neben ihr kniet. Also schmiegt sie sich in seine Arme und sagt zärtlich: »Ich werde mich dir hingeben ... Ich wünsche es mir schon so lange, hast du es denn gar nicht bemerkt? Du gefällst mir ... Aber unsere Vereinbarung steht, du verhilfst mir zur Flucht?«

»Ich gebe dir mein Wort«, antwortet Lupin, küsst die Lippen seiner Gefangenen, und sie lassen sich auf die Ottomane fallen.

Als sie später wieder zu sich finden, sind beide erstaunt und erfreut über dieses flinke Abenteuer; Lupin bekommt als Erster wieder einen klaren Kopf.

»Hübsche Cousine«, sagt er, »in dem lang anhaltenden Kampf unserer beiden Familien lagen die Cabot-Lupins um ein paar Schändungen zurück, ich bin nun um ein Feld vorgerückt, vielen Dank.«

Dann steht er auf und bringt seine Kleidung in Ordnung: »Brechen wir auf«, befiehlt er, »wir sollten keine Zeit verlieren. Ich muss meine Mission erfüllen. Aber als Erstes bringe ich Sie hier raus.«

Er schaut sich um: »Dieser Ausgang, wo führt der hin?«

»Zum Feld. Von dort aus könnte ich leicht die Grenze erreichen. Ich habe Freunde, die mir helfen könnten, mich ins Ausland abzusetzen.«

»Gut. Machen Sie sich fertig und kommen Sie. Aber geben Sie mir zuerst das Buch, ich bestehe darauf.«

»Hier ist es«, sagt sie und reicht ihm ein gebundenes Buch, wie das, das er erwartet ... nur dass sie es vom Bücherbrett oberhalb der Ottomane genommen hat.

Sogleich kehrt sie in seine Arme zurück, um ihn abzulenken. Aber er hat den Büchertausch registriert.

Er lässt sich nichts anmerken. Während sie sich anzieht und Geld einsteckt, tauscht er geschickt die beiden Bände wieder aus.

»Los! Jetzt aber schnell!«

Ein letzter Kuss, dann öffnet er die kleine Tür, die zum Feld führt, schickt die dort abgestellte Wache weg und holt seine Begleiterin heraus.

Als er in das Boudoir zurückkehrt, kommt Napoleon von der anderen Seite aus herein. »Donnerwetter, das war knapp!«, denkt Lupin, während er auf ihn zugeht, und in einem unsicheren Tonfall verkündet: »Ich habe das Buch.«

»Wo kommst du her?«, fragt der Kaiser misstrauisch.

»Ich habe der Montcalmet zur Flucht verholfen, Sire.«

Napoleon wird nicht wütend, diese Kühnheit entwaffnet ihn. Dann mustert er Lupin ohne Groll und verkündet sanft: »Du hast soeben deinen Marschallstab verloren!«

Einige Monate später heiratete General Lupin die Comtesse de Montcalmet und lebte mit ihr in den Ruinen des Château d'Orsay.

Napoleon studierte vergeblich das Buch der Montcalmets. Obwohl er seine Macht und Genauigkeit erkannte, hatte er nicht mehr die Gelegenheit, die Ratschläge, die er daraus zog, zu nutzen: Die Katastrophe von Waterloo setzte all seinen Träumen und Möglichkeiten ein Ende.

Und nun treten wir in das Leben der Mademoiselle de Camors, Prinzessin de Lerne.

1
Das Testament

Im Dezember 1921 wurde in der italienischen Botschaft ein großer Ball gegeben. Einige kleine Empfänge hatten bereits stattgefunden und das Wiedererwachen des Pariser Lebens markiert, aber dies war die erste offizielle Soirée seit den Ereignissen von 1914-1918.

Am Fuß der Haupttreppe begrüßten der Botschafter und die Botschafterin die eintreffenden Gäste, anschließend ging es im ersten Stock weiter. Eine glanzvolle Menschenmenge bewegte sich durch die prächtigen Räume: Gruppen oder Paare trafen aufeinander, begrüßten sich und tauschten sich aus, ohne dabei die Ankunft der Neuankömmlinge aus den Augen zu verlieren.

Das leise Stimmengewirr und entfernte Musikklänge aus den Salons, in denen getanzt wurde, verwoben sich zu einer leichten, steten Geräuschkulisse.

Plötzlich kehrte Stille ein: Eine große junge Frau betrat den ersten Stock – allein. Ihre Erscheinung und ihr Kleid waren von souveräner Anmut, von ihr ging eine solche Harmonie aus, dass sie die größten Schönheiten um sie herum in den Schatten stellte. Ihre Erscheinung war ganz einfach gehalten, sie trug keinen Schmuck und ihr Kleid war in einem rosigen Teerosengelb kunstvoll drapiert. Sie hatte blondes, lockiges Haar, ein paar lange Locken fielen an ihrem grazilen Hals entlang auf eine unbedeckte, aber keusche Schulter. Ihre großen grünen Augen und die langen Wimpern unterstrichen die wunderbare Frische ihres zarten Teints, der durch keinerlei Kunstgriffe geschönt war.

Nonchalant schritt sie voran und war bald umgeben von Bewunderern, die sich um sie scharten und sie alle gleichzeitig begrüßten: »Mademoiselle de Lerne, wie schön, Sie wiederzusehen! Wie geht es Ihrem Vater?«

»Meine Hochachtung, wunderschöne Cora!«

»Meine liebe Cora, ich freue mich darauf, mit Ihnen zu tanzen. Schenken Sie mir die Freude eines ersten gemeinsamen Walzers? Sind Sie allein? Ist der Prinz de Lerne nicht mitgekommen?«

Nachdem sie alle Fragen beantwortet hatte, nahm sie in einer Ecke auf einem Stuhl Platz und vertröstete ihre Verehrer freundlich auf später: »Lassen Sie mich einen Blick auf das ganze Treiben werfen. Ich liebe das Spektakel einer Soirée: das Licht, die Blumen, die luxuriösen Kostüme, die Uniformen ... ich werde nie müde, mich daran zu erfreuen. Außerdem sehe ich dort den Marquis de Sérolles, mit dem ich gerne sprechen möchte. Wir sehen uns später ...«

Die jungen Männer entfernten sich, während sich der Marquis de Sérolles näherte, aufrecht und flink, trotz seines fortgeschrittenen Alters.

»Seid gegrüßt, mein Kind. Ich hatte mir schon gedacht, dass ich Sie hier treffen würde. Der Prinz de Lerne begleitet Sie nicht?«

»Mein Vater ist heute Abend nicht ausgegangen, er hat seine eigene Gesellschaft und mag keine formellen Versammlungen.«

»Diese hier bietet eine Ansicht, die einem Kunstwerk gleicht.«

»Nicht wahr? Ich erfreue mich immer wieder daran, diese formvollendeten Zusammenstellungen zu bewundern.«

Er setzte sich neben sie.

»Ich habe Sie letzte Woche im Wald gesehen«, sagte er, »aber ich konnte Sie nicht erreichen. Lerne war zu Pferd und fast an seiner Seite fuhren Sie mit großer Geschwindigkeit einen *dog-cart*.«

»Das ist unser allmorgendlicher gemeinsamer Spaziergang.«

»Berichten Sie mir doch«, fuhr er fort, »wie Sie sich in all den Monaten so weit entfernt von Paris beschäftigt haben. Haben Sie gelesen?«

»Ja, alte Bücher: *Die Erziehung der Gefühle, Die alten Meister ...* Ich finde Flauberts Stil bezaubernd, aber es geht eine solche Traurigkeit von seinen Büchern aus ... Fromentin hat mich begeistert: Was für eine Studie der belgischen und niederländischen Meister!«

»Das klingt gut ... Und was ist mit Ihrer Malerei?«

»Ich habe sie nach meiner Rückkehr wieder aufgenommen.«

»Machen Sie Fortschritte?«

»Ich denke schon. Ich habe nun einige Grundsätze verstanden, ich habe dort die Werke der besten Künstler studiert.«

»Sie haben Sie inspiriert: Dieses Kleid hat einen verblüffenden Stil. Der Gürtel und die Schärpe im Farbton Ihrer Augen bilden einen exquisiten Kontrast zum hellen Bernstein des Kleides.«

Sie freute sich: »Gefällt es Ihnen? Umso besser, Sie sind ein so weiser Kritiker! Es ist die Kopie eines Gemäldes von Gainsborough, das Porträt der Herzogin von Devonshire.«

»Ich kenne es nicht ... Aber gerne möchte ich mir als ›Kritiker‹ die Freiheit nehmen, bei all der Zuneigung, die ich für Sie empfinde, Sie in einem anderen Bereich zu ermahnen. Warum bieten Sie eine immer größere Angriffsfläche?«

Sie richtete sich auf: »Ich gebe nichts auf das Urteil der anderen, mein Benehmen ist tadellos.«

»Es fehlt ihm nicht an Noblesse. Leider darf man aber in einer durchstrukturierten Gesellschaft die anderen nicht außen vor lassen, man muss zumindest berücksichtigen, dass es bestimmte vorgefasste Meinungen gibt und bestimmte Äußerlichkeiten, die es zu beachten gilt.«

»Was hält man mir vor?«

»Sie sind heute Abend ohne Anstandsdame hier ... Das muss nicht sein ... als junge Frau! Warum diese Unabhängigkeitsallüren an den Tag legen? Die Folgen lassen nicht auf sich warten: Ist Ihnen bewusst, wie es gewirkt hat, als sich diese Dandys vorhin mit solch einem Eifer um Sie geschart haben? Sie haben Sie ohne Respekt behandelt, fast schon so, als hätten Sie nicht den Stand, den Sie haben. Das ist irritierend.«

Sie tat das Gesagte unbesorgt ab: »Das kümmert mich nicht, sie sind dumm.«

»Sicher, das ist nicht so schlimm«, fuhr er fort. »Aber es gibt Schlimmeres: Was ist mit diesen ›vier Musketieren‹, von denen es heißt, Sie hätten sie aus London mitgebracht? Ihr Vater soll die Torheit besessen haben, sagt man, sie in Ihrem Haus unterzubringen, in Gebäuden auf Ihrem Grundstück? Sie gehen mit ihnen aus, Sie stellen sich zur Schau! Man spricht nur noch darüber. Was davon ist wahr?«

Sie zog ihre Schärpe, die abgerutscht war, mit einer anmutigen Geste wieder hoch an ihren Hals.

»Alles ist wahr«, antwortete sie. »Alles, außer der giftigen Interpretation ganz normaler Tatsachen. Meine Begleiter sind wohlerzogen und eine angenehme Gesellschaft. Ich habe sie in London kennengelernt. Sie sind nach Paris gekommen und wussten nicht, wo sie wohnen sollten: Mein Vater hat ihnen die verfallenen Gebäude zur Verfügung gestellt, in dem Brachland am Ende unseres Grundstücks ... die alte Sakristei, das Wärterzimmer. Sie haben das Angebot angenommen, und ihre Nachbarschaft lenkt mich von meiner Einsamkeit ab.«

Der Marquis zuckte betrübt mit den Schultern: »Gewiss«, sagte er, »es ist einfach, wenn man es erklärt. Aber die bösen Zungen sehen das nicht so. Diese Extravaganzen führen dazu, dass man Sie auf Empfänge einlädt, Sie aber im Gegenzug nicht besuchen kommt. Sie machen sich selbst zur Außenseiterin.«

»Ich verabscheue regelmäßige, mitgezählte Besuche«, erklärte sie. »Ich möchte keinen sozial überwachten Austausch haben, außer mit bestimmten Menschen, wie Ihnen.«

Diese Aussage bereitete ihm sichtlich Freude.

»Meinetwegen«, räumte er ein. »Es ist nur bedauerlich, dass die Frauen Sie meiden. Ist Ihnen aufgefallen, dass heute keine zu Ihnen gekommen ist? Nur die Männer überstürzen sich ... zu sehr ... Und das ist beklagenswert, wenn man Sie kennt.«

Sie lächelte: »Sehen Sie mal, da kommt eine auf mich zu, die Herrin des Hauses.«

Die Botschafterin kam tatsächlich auf die beiden zu: »Meine liebe Cora«, sagte sie, »ich habe Sie gesucht. Ich überbringe Ihnen eine Nachricht. Ihr Vater hat gerade angerufen und bittet Sie, sofort nach Hause zu kommen. Er ist doch hoffentlich nicht krank?«

»Mein Vater ist ein verwöhntes Kind, er hält sich nie mit Kontingenzen auf. Und da ich seinen Launen immer gehorche, wie er den meinen gehorcht, werde ich mich jetzt von Ihnen verabschieden.«

Sie stand auf, entschuldigte sich bei dem Marquis und ging in Begleitung der Botschafterin hinaus.

An der Garderobe schlüpfte sie in ihren Pelzmantel, und als sie draußen stand, fuhr ihr Wagen vor.

»Nach Hause«, befahl sie. »Schnell.«

Sie stieg in das nach Veilchen duftende Auto, ein kleines Sträußchen steckte in einer dafür vorgesehenen Halterung, und als sie ihre Füße auf den Ball mit heißem Wasser gestellt und sich in eine Decke eingewickelt hatte, ließ sie sich in den Sitz zurückfallen und von den gleichmäßigen Bewegungen des Wagens schaukeln. Sie hatte es bequem.

Die Besorgnis, die der Marquis de Sérolles geäußert hatte, kam ihr wieder in den Sinn. »Dieser arme Freund«, dachte sie amüsiert, »er ist ein erstklassiger Mann. Wie schade, dass er ein Sklave der Vorurteile ist.«

Sie dachte an die »vier Musketiere«, von denen er gesprochen hatte. Wie anders sie doch waren! Fröhlich und frei waren sie ihr die ideale Gesellschaft, sowohl häufig als auch diskret.

Auf einer Londoner Soirée wurde ihr Earl Hairfall vorgestellt; seine lockere und lebhafte Konversation hatte sie angezogen. Sie trafen sich noch einige Male. Er war es, der ihr den Zweiten vorstellte: Capitaine André de Savery, voller Elan und Überraschungen, von überbordender Fantasie. Bald erkundeten sie zu dritt alte Viertel, besuchten Museen und fanden Gefallen daran, zusammen zu sein.

In einem Teehaus, in dem sie sich ausruhten, trafen sie eines Tages zwei junge Männer, die mit Capitaine de Savery verbunden waren: Donald Dawson und William Lodge. Sie waren elegant, raffiniert und solche Frauenversteher, dass sie Cora bald unentbehrlich wurden und sich dem Trio anschlossen. Sie wussten alles über Modehäuser und Mode, kannten die Antiquitätenhändler, wussten, wie man einen Farbton und einen Schnitt auswählt, oder Nippes.

Der belesene Donald Dawson kannte sich auch mit Archäologie aus, und er führte mit André de Savery, der noch belesener war, brillante Diskussionen. Es ging das Gerücht um, dass Dawson der fallengelassene Sohn eines Lords sei. Er lebte mit William Lodge zusammen, und es hieß, die beiden seien Gutsverwalter.

Cora war nicht neugierig, die Wahrheit in dieser Angelegenheit zu erfahren. Ihre vier Leibwächter amüsierten sie auf unterschiedliche Weise; sie machten ihre Tage abwechslungsreich, ohne dass es langweilig wurde. Nachdem sie sie nach Paris begleitet hatten und ihr Vater vorschlug, dass sie in den Ruinen auf seinem Grundstück wohnen konnten, war ihr sehr wohl dabei, sie in ihrer Nähe zu behalten.

Die Sakristei einer alten, halb eingestürzten Kapelle konnte restauriert werden – André de Savery wählte sie aus und ließ sich dort nieder. Earl Hairfall bevorzugte einen langgezogenen Wärterraum, er ließ Fenster und Zwischenwände einbauen. Donald und William wichen nie voneinander und entschieden sich im Einvernehmen für einen Pavillon, ein Architekturjuwel aus dem 17. Jahrhundert, den ein angesagter Dekorateur unter ihrer Anleitung an ihre Bedürfnisse anpasste.

Cora sah sie jeden Tag, ohne dass sie aufdringlich gewesen wären. Sie ging mal mit dem einen, mal mit dem anderen oder mit zwei von ihnen aus; so sah man sie gemeinsam im Theater, auf Ausstellungen oder im Wald; nur zu höheren gesellschaftlichen Anlässen begleiteten sie sie nicht: Dorthin ging sie meistens allein, wie heute.

Diese vier Männer leisteten der jungen Frau Gesellschaft und machten sich genauso wenig wie sie selbst Gedanken über den Schaden, der dadurch entstehen könnte. Liebten sie sie? Manchmal fragte sie sich das, aber sie kam zu keinem eindeutigen Schluss. Sie flirteten gerne mit ihr, das war alles. Manchmal gaben sie ihr einen schnellen Kuss, aber sie zeigte ihnen sofort die kalte Schulter. Sie war in keinen von ihnen verliebt, sie schätzte jeden für sich, je nachdem, wonach ihr war.

Mit ihren zweiundzwanzig Jahren war Cora de Lerne noch nie von ihrem Vater getrennt, abgesehen von diesem kürzlichen Aufenthalt außerhalb Frankreichs. Sie war von einer englischen Lehrerin unterrichtet worden, verschiedene Fachlehrer unterstützten sieht. Vater und Tochter hatten eine innige Beziehung, beseelt von einer lebendigen Zärtlichkeit – das war jedenfalls die Meinung der Tochter. Über ihre Geldangelegenheiten wusste sie hingegen nichts. Waren sie reich? Sie hatte keine Ahnung.

Manchmal bemerkte sie, dass irgendein Pferd, ein teures Möbelstück oder Gemälde verkauft wurde ... Dennoch lebten sie auf großem Fuß, waren luxuriös eingerichtet – die Dienerschaft war begrenzt, das schon – in einem riesigen Patrizierhaus am linken Seine-Ufer; die Hoffenster gingen zur Seine hinaus. Ein riesiger Park gehörte dazu, dort befanden sich die verfallenen Überreste eines alten herrschaftlichen Anwesens, in dem sich ihre Freunde niedergelassen hatten.

Manchmal ging eine Erbschaft ein, füllte die Kassen auf und eine neue Glanzperiode setzte ein.

Der Prinz de Lerne hatte eine wichtige Rolle in der Diplomatie innegehabt. Als Botschaftsattaché in Brüssel hatte er eine Österreicherin geheiratet, die nach England gegangen war, um Cora zur Welt zu bringen, dort war sie bei der Geburt gestorben. Von da an kümmerte er sich um das kleine Mädchen, das er nach Paris gebracht hatte. Er ging keinem neuen Beruf nach, trotz des Rates seines Freundes Monsieur de Camors, der ihn gerne neben sich im Abgeordnetenhaus gesehen hätte; er fühlte sich für ein öffentliches Amt nicht gemacht, ihm fehlte es an Ehrgeiz.

Schon lange war Cora bewusst, dass ihr Vater ein korrumpiertes Leben führte, in dem Glücksspiel, Pferde und Frauen seine Ressourcen aufzehrten. Dennoch stand seine Tochter immer an erster Stelle. Unabhängig von seinen nachmittäglichen Ausflügen und nächtlichen Amüsements ging er morgens mit ihr in den Wald, wo er jeden Tag ausritt; und er aß immer mit ihr in einem heiteren Tête-à-Tête zu Mittag, erkundigte sich nach ihren Plänen, Gedanken und Hoffnungen.

Cora dachte über all das nach, während sie nach Hause gefahren wurde.

Als das Auto vor dem Tor anhielt, das sich auf Zuruf des Chauffeurs öffnete, überkam sie plötzlich ein beklemmendes Gefühl. Warum hatte der Prinz de Lerne sie rufen lassen? Sie hatte so oft befürchtet, dass er seinem Leben ein Ende setzen könnte, aus Trotz oder im Sinne einer arroganten Freiheitsbekundung.

Diese intuitive Angst verstärkte sich, als sie das Arbeitszimmer ihres Vaters betrat. Er saß sehr ernst an seinem Schreibtisch und versiegelte gerade einen Brief, den er dann unter einen Briefbeschwerer legte. Seine »vier Musketiere« waren um ihn versammelt. Sie hatte er also auch sehen wollen? Sie wären niemals um diese Uhrzeit einfach so gekommen!

Sie begrüßten die junge Frau schweigend. Sie legte ihren Mantel ab.

Der Prinz de Lerne rief ihr zu: »Gelungene Soirée?«

»Ja, sehr gelungen.«

»Es tut mir leid, dass ich sie unterbrochen habe, aber ich werde fortgehen. Und ich wollte es nicht tun, ohne Sie zuvor in die Arme genommen zu haben.«

»Sie gehen fort?«

»Unsere Freunde werden Ihnen mitteilen, womit ich sie um

ihretwillen beauftragt habe, liebste Cora. Und nun geht alle, ich muss allein sein.«

Er stand auf, umarmte Cora und gab ihr einen Kuss auf die Stirn, dann schüttelte er jedem der vier Männer die Hand, woraufhin sie das Zimmer verließen.

Cora zitterte vor Aufregung, denn sie hatte beim Herausgehen auf einer Konsole die Schachtel liegen sehen, in der sich, wie sie wusste, ein Revolver befand.

Im Vorzimmer klammerte sie sich aufgewühlt an Earl Hairfall: »Was ist los? Wo geht er hin? Ich habe Angst ...«

Seltsam ruhig führte er sie fort: »Lassen Sie ihn, Sie können ihm nicht helfen. Gehen Sie hoch in Ihr Zimmer.«

Capitaine de Savery schaltete sich ein: »Ja, bleiben Sie nicht hier«, sagte er, »Sie sollten ...«

Er konnte den Satz nicht beenden, denn es ertönte ein Schuss.

Voller Entsetzen sprang Cora zur Tür des Zimmers, das sie gerade verlassen hatten, und öffnete sie. Der Prinz de Lerne saß nach hinten gekippt in einem Sessel; ein Rinnsal von Blut floss aus einem Loch in seiner Schläfe; sein rechter Arm hing herab, neben ihm lag ein Revolver auf dem Boden.

Cora warf sich auf die Knie und umarmte ihn. Schluchzend stotterte sie: »Vater ... Vater ...«

Dann brach sie zusammen und verlor beinahe das Bewusstsein.

Die vier Männer, die hinter ihr das Zimmer betreten hatten, waren sehr bewegt. Leise besprachen sie sich: »Er ist tot, nicht wahr?«

»Ja, das ist er.«

»Wir brauchen trotzdem einen Arzt.«

Weinend und nicht voneinander weichend gingen Donald

Dawson und William Lodge zu den herbeieilenden Bediensteten, um ihnen Befehle zu erteilen.

André de Savery und Earl Hairfall gingen zu Cora und hoben sie sanft hoch: »Sie sollten sich hinlegen«, riet Hairfall. »Arme Kleine, Sie sollten nicht hierbleiben. Es werden sich schmerzhafte Szenen abspielen ...«

Er gab Capitaine de Savery ein Zeichen; dieser war damit beschäftigt, vom Schreibtisch, auf dem mehrere Briefe lagen, denjenigen zu nehmen, der unter dem Briefbeschwerer lag, und ihn in seine Tasche zu stecken.

Er kam zu ihm und die beiden halfen Cora in ihre private Wohnung, ein Stockwerk höher.

»Wie schrecklich ...«, wiederholte Cora mit starrem Blick, nachdem sie sie in einen Lehnsessel gesetzt hatten.

Savery versuchte es mit einem Ablenkungsmanöver: Er zog den Brief, den er eingesteckt hatte, aus seiner Tasche und reichte ihn ihr mit den Worten: »Dieser Brief richtet sich an Sie, Ihr Vater hatte ihn gerade zu Ende geschrieben, als Sie reingekommen sind. Möchten Sie ihn lesen? Er hat uns gebeten, ihn Ihnen zu geben.«

Sie nahm ihn neugierig entgegen, riss den Umschlag auf, auf dem »Für meine Tochter« stand, trocknete sich die Augen und las das Folgende:

Meine liebe Tochter,

»Das Leben langweilt mich, ich verlasse es« – mit diesen Worten hat sich der Vater meines Freundes, Monsieur de Camors, von seinem Sohn verabschiedet. Es gibt keinen anderen Grund für die befreiende Tat, die ich gleich ausüben werde.

Bevor ich gehe, möchte ich Ihnen einige Ratschläge geben, wie er es auch getan hat, um Sie auf dem Weg zu leiten, den Sie gehen müssen.

Genauso wenig wie ich glauben Sie an vorgefertigte Prinzipien, so-dass die Tugend Sie nicht reizen kann; aber Sie haben einen Sinn für die Größe der Ehre und deshalb werden Sie sich zu Herzen nehmen, niemals unehrenhaft zu handeln. Die Tugend ist eine engstirnige Gottheit, ihre negativen Gesetze sind von einer Uniformität, die Ih-nen nicht gefallen kann, die Ehre hingegen ist individuell: Sie lässt jedem Menschen bei jeder Gelegenheit die Freiheit, über sein Verhal-ten zu entscheiden und auch fernab der üblichen Moral zu handeln; sie verbietet den Verzicht und befiehlt das Handeln.

Sie waren nie empfänglich für die Urteile der anderen, ignorieren Sie sie weiterhin; in einem prächtigen Elfenbeinturm eingeschlossen, lassen Sie allein die Selbstachtung als Ihre Regel gelten.

Das Leben einer Frau kennt viel Reichtum und viel Elend; als Frau haben Sie ungleich zu uns Männern nicht die Mittel des Ehrgeizes und die Möglichkeiten eines öffentlichen Lebens. Die Liebe ist Ihr ein-ziges Spielfeld: Gehen Sie auf sie zu, seien Sie mutig; Sie sind schön, jung, Sie brennen, die Liebe wird Sie erfüllen, wenn Sie den Mann auszuwählen wissen, der Ihrer würdig ist.

Bei diesem Schritt in die Zukunft sind Sie nicht allein: Vier Ge-fährten, die Sie zusammengeführt haben, stehen Ihnen zur Seite. Be-halten Sie sie, lehnen Sie sich an sie, was auch immer der Tadel der Pariser Gesellschaft in Bezug auf diese enge, als unschicklich angese-hene Freundschaft sein wird. Stehen Sie über dieser Missbilligung.

Von weiblichen Freundschaften werden Sie nichts zu erwarten ha-ben, Sie werden beneidet und verkannt werden.

Wenn Sie von irgendeiner sinnlichen Erfahrung in Versuchung ge-führt werden, zögern Sie nicht, ihr nachzugeben. Eine Frau ist frei zu tun, was sie will, soweit es nur sie betrifft: sie allein, das heißt, ihr Glück oder ihr Unglück. Es geht nur darum, sich nicht zu erniedri-gen.

Nun muss ich Ihnen verraten, was mich ein Zufall vermuten ließ:

Unter Ihren vier Freunden muss sich dieser einzigartige Arsène Lupin befinden, dessen abenteuerlicher Charakter mich nicht erschreckt, im Gegenteil! Er versteckt sich unter einem Decknamen, und ich habe nicht herausfinden können, welcher es ist. Studieren Sie die Angelegenheit, finden Sie ihn, und Sie werden in ihm eine unverhoffte Unterstützung haben, er ist ein ehrenvoller Mann.

Meine liebe Tochter, die Zeit ist gekommen, Lebewohl zu sagen. Ich wollte nicht gehen, ohne mich zu verabschieden, Sie hätten es für immer bereut; wenn ich Ihnen nichts gesagt habe, dann nur, weil ich ein unnötiges Zerfleischen vermeiden wollte.

Bauen Sie sich ein spannenderes Leben auf, als meines es war.

Ich gehe zufrieden: Ich übe meine Freiheit aus und handle nach meinem Willen, wie ich es immer getan habe.

Weinen Sie nicht um mich, weinen Sie nie, das ist der Ausweg der Schwachen.

Werden Sie glücklich.

Lerne

Cora las den Brief immer wieder, ohne etwas zu sagen, und steckte ihn dann in die Schublade eines Damenschreibtisches. Sie fühlte einen seltsamen Trost, und es war beinahe natürlich für sie, Hairfall und Savery zu fragen, zu denen sich Dawson und Lodge gesellt hatten: »Kannten Sie seine Absichten? Hatte er sie Ihnen offenbart?«

»Ja«, sagte Hairfall. »Er hatte uns gerufen, um uns zu warnen. Wir haben vergeblich auf ihn eingeredet, ja sogar gebettelt – seine Entscheidung stand fest.«

»Er hat uns Ihre Angelegenheiten dargelegt und Sie uns anvertraut«, ergänzte André de Savery. »Sie können auf uns zählen.«

»Ja«, versprachen sie im Chor, »Sie können auf uns zählen!«

Während sie sich bedankte, betrachtete sie sie genau und dachte: »Wenn Arsène Lupin einer der vier ist, welcher ist er? Wer ist Arsène Lupin?«

2
700 Millionen in Gefahr

Der Tod des Prinzen de Lerne erregte großes Aufsehen in der Pariser Gesellschaft, wo er als eine exzentrische, aber doch glanzvolle und vornehme Persönlichkeit galt.

Seine Beerdigung wurde weihevoll begangen und von einer beträchtlichen Menschenmenge besucht. Cora war von Trauer gezeichnet, ihr würdevolles und tränenloses Auftreten versetzte jedoch alle in Erstaunen. Damals war noch nicht bekannt, dass das arme Kind innerhalb von vierundzwanzig Stunden eine übermenschliche Energie darauf verwendet hatte, bei politischen und religiösen Amtsträgern vorstellig zu werden, um trotz eines gerichtlich bestätigten Selbstmords zu erwirken, dass ihr Vater standesgemäß christlich beigesetzt werden konnte.

Earl Hairfall und Capitaine de Savery waren ihr bei diesen Formalitäten eine große Hilfe gewesen. Beide hatten unerwartete Verbindungen zu amtlichen Stellen und verfügten über geheime Wege, die Machthaber zu beeinflussen. Ersterer verließ sie kaum, abgesehen von ein paar effizienten Besuchen in ihrem Namen. André de Savery hingegen hielt sich nur sehr wenig bei ihr auf; erstaunt stellte sie fest, dass er in der Zeit nach der Beerdigung ganze Tage und Nächte verschwand. Wenn sie ihn nach diesen Abwesenheiten wiedersah, beantwortete er ihre umständlichen Fragen vage und unvollständig.

Was ihre beiden anderen Freunde, Donald Dawson und William Lodge, betraf, so hatten sie die Angewohnheit, angesagte

Bars zu besuchen, wo sie von einer Schar junger Nachtschwär-
mer bejubelt wurden. Die beiden Sybariten waren von den tragi-
schen Ereignissen, deren unwillentliche Zeugen sie geworden
waren, sehr erschüttert; um die düsteren Visionen zu bekämpfen, gingen sie mehr denn je aus, immer unzertrennlich, und
machten sich leicht beliebt, indem sie in allen Einzelheiten er-
zählten, was sie gesehen, gehört und gewusst hatten. Durch ihren Klatsch wurde bald bekannt, dass sich de Lerne erschossen
hatte, und die Umstände seines Selbstmords wurden zum Gerede der Nachtclubs und Salons.

Wie bitte?! Er hatte seiner Tochter einen Brief hinterlassen,
einen Brief, in dem er die gleichen Gründe für seinen Ent-
schluss angab wie der Vater seines Freundes, Monsieur de Camors, und er zitierte ihn auch noch?! Unglaublich! Man sprach
wieder über das berühmte Buch, das gegen Ende des Zweiten
Kaiserreichs erschienen war und in dem ein beliebter Roman-
cier Monsieur de Camors porträtiert hatte, und von dort war
es nur noch ein kleiner Schritt, die Prinzessin de Lerne »Mademoiselle de Camors« zu nennen.

Natürlich wusste Cora nichts von diesem Gerede oder von
dem Spitznamen. In ihrer Trauer eingeschlossen ging sie kaum
aus dem Haus, außer zu den Notarterminen, um die Details
der verworrenen Situation zu regeln.

Außerdem hält man in Paris nicht lange an einem Thema fest,
und als das erste Interesse an diesem Skandal erschöpft war,
kümmerte man sich um einen anderen, der gerade zur richtigen Zeit kam, um die Aufmerksamkeit in eine neue Richtung
zu lenken.

Am 6. Juli 1922 brachten die Abendzeitungen die folgende, aus
London telegrafierte Meldung:

»LONDON. Der Direktor der Universalbank hat ausgesagt, beim Betreten seines Büros festgestellt zu haben, dass ein Entwurf der Depesche, die er gerade telegrafiert hatte, gestohlen worden war. In dieser Eilmeldung teilte er der Banque de France mit, dass er am nächsten Tag für ein bestimmtes Konto vier Millionen Pfund in Gold mit dem Flugzeug schicken würde.

Durch einen beunruhigenden Zufall wurde ein Telefonanruf, der diese Depesche bestätigte, von jemandem im Nebenraum mitgehört. Der Direktor konnte keine weiteren Angaben machen.«

Am Morgen des 8. Juli hieß es in einer neuen Depesche: »Es werden alle Vorkehrungen für den Lufttransport der beiden aus London gesandten Säcke getroffen. Die Polizei weiß, dass mehrere internationale Diebesbanden auf diese Lieferung aufmerksam geworden sind. Selbstverständlich befindet sich Arsène Lupin unter ihnen. Er hat bereits mehrere Briefe geschrieben, in denen er seine Bedingungen in dieser Angelegenheit gestellt hat.«

Am 9. Juli war in der Presse Folgendes zu lesen: »Ich protestiere. Die Briefe, die veröffentlicht werden, wurden offensichtlich von bestimmten Personen geschrieben, die mich kompromittieren wollen, um von sich abzulenken. Sie seien gewarnt, ich werde mich ihnen entgegenstellen und in dieser Angelegenheit, wie in allen anderen, auf der Seite der Ehrlichen stehen. Wer Ohren hat zu hören, der höre! Gezeichnet: ARSÈNE LUPIN.«

Am 16. Juli gab die Affäre Anlass zu einer neuen Serie von Eilmeldungen: »Gestern Abend wurde berichtet, dass das Postflugzeug mit den beiden Säcken über Calais geflogen ist.

Auf dem Flugplatz Le Bourget wurden Polizisten, Gendarmen und Detektive im Dienst der Banque de France eingesetzt.

Um zehn Uhr kam das Flugzeug an. Die Überfahrt verlief ohne Zwischenfälle. Aber die beiden Säcke sind nicht mehr an Bord.«

Dann: »EILMELDUNG. Das Flugzeug soll die nördlichen Vororte so niedrig überflogen haben, dass die Bewohner in ihren Häusern Angst bekamen.«

Und schließlich: »EIL+++EIL+++. Die beiden Säcke wurden in einem Nebengebäude des Stadions von Julainville gefunden, zwischen der Zône und der Gemeinde Pantin. Ein Dutzend Wachen unter der Leitung eines Gendarmerie-Brigadiers bewachen sie. An einem der Säcke war Arsène Lupins Visitenkarte geheftet, diese maschinengeschriebenen Angaben standen darauf: An Arsène Lupins Depotkonto. Banque de France. Paris.«

3
Enthüllungen

An diesem Tag kehrte Cora von einem Spaziergang im Wald zurück und fand Hairfall in ihrem kleinen Wohnzimmer vor; er wartete mit ernster Miene auf sie.

»Meine liebe Cora«, sagte er, »ich muss ein ernstes Gespräch mit Ihnen führen.«

»Wirklich? Sie machen mir Angst!«

»Keine Sorge, es geht um Dinge, die für Ihre Zukunft vielversprechend sind.«

»Ich bin ganz Ohr.«

Earl Hairfall lehnte sich bequemer in seinen Sessel zurück und begann: »Zuerst muss ich Ihnen sagen, dass ich gerade ein Anwesen in der Nähe von Paris gekauft habe. Das Château des Tilleuls in Julainville, und ich möchte Sie bitten, mich dort zu besuchen.«

»Sehr gerne! Aber ... verlassen Sie uns etwa?«

»Nicht ganz. Ich werde meine Zeit aufteilen zwischen diesem neuen Haus und dem, das mir der verstorbene Prinz de Lerne freundlicherweise bei Ihnen zur Verfügung gestellt hat.«

»Ah, das gefällt mir schon besser. Das ist hervorragend! Und was hat es mit den vielversprechenden Dingen auf sich?«

»Dazu komme ich jetzt. Ich muss Ihnen ein Geheimnis verraten. Sie denken, Sie sind die Tochter des Prinzen de Lerne. Dem ist jedoch nicht so, und er wusste es: Ihre Mutter, aus einer großen österreichischen Familie stammend, war eine Nachfahrin von Marie-Antoinette. Als sie sechzehn Jahre alt war, lernte sie einen Engländer kennen und lieben, Lord Harringtons Sohn, ein enger Verwandter des englischen Königs. Die jungen Leute verlobten sich, aber aus politischen Gründen stemmte sich der alte Lord Harrington gegen die Heirat. Ihre Mutter heiratete daraufhin Prinz de Lerne, ohne ihn zu lieben. Der ehemalige Verlobte Ihrer Mutter, der nach dem Tod seines Vaters seinerseits Lord Harrington wurde, fand die Frau wieder, die er nie vergessen hatte. Sie waren durch die innigsten Bande verbunden, und als die Prinzessin de Lerne nach England ging, um Sie zu gebären, dann tat sie es deshalb, weil Sie in Wirklichkeit die Tochter von Lord Harrington sind. Prinz de Lerne war nach dem Tod seiner Frau untröstlich; er hat Sie anerkannt, nach Paris gebracht und großgezogen. Aber Lord Harrington hat nie aufgehört, sich für Sie zu interessieren; er hat Sie aus der Ferne beobachtet, hat Sie während Ihrer Aufenthalte dort gesehen; jetzt möchte er Ihnen ein Vermögen schenken, um Sie standesgemäß mit einem englischen Prinzen zu verheiraten, der in der Thronfolge steht: Prinz von Oxford. Ich bin Lord Harringtons Freund und Gesandter, deshalb habe ich mich an Sie gebunden. Das Gold, das soeben nach Frankreich gereist ist und Diebe in Versuchung geführt hat – Sie haben es in den Zeitungen gelesen –, ist für Sie bestimmt. Ich werde es Ihnen übergeben, wenn es sein Ziel erreicht. Das ist es, was ich Ihnen mitteilen musste. Sie werden bei mir, im Château des Tilleuls, den Prinzen von Oxford antreffen, und wenn Sie einer Heirat zustimmen, werden Sie eines Tages vielleicht Königin von England.«

Cora hatte den Ausführungen mit großer Gelassenheit gelauscht. Das war ja wie im Traum. Was für ein Schicksal sie nur hatte! Sie erschrak ein wenig bei dem Gedanken, dass unsichtbare Feinde darauf lauerten, sich eines Schatzes zu bemächtigen, von dem sie gerade erst erfuhr. Aber ihre Freunde würden sie verteidigen, wenn sie nicht ebenfalls auf einer geheimen Mission waren, wie Earl Hairfall. Sie fühlte, dass unbekannte und vielleicht widersprüchliche Mächte sie umgaben, die einen, um ihr Reichtum und Glück zu schenken, die anderen, um sie ihr streitig zu machen. Sie musste mehr denn je wachsam sein, gut beobachten und niemandem trauen.

Welche Macht würde sich durchsetzen?

4
Die Zône

Was man die Zône nennt – das Brachland, das an die Stelle der alten Pariser Festungsanlagen getreten ist –, ist eine Gegend der Misere und des Elends und im ständigen Wandel. Eine ewige Müllwelle fegt über das Gelände, am Flussufer türmen sich Dreck und Gerümpel, in den Hütten, Baracken und irrwitzigen Behausungen wohnen Lumpensammler, Vagabunden und Gesetzlose – es ist ein Kompromiss zwischen Zivilisation und Barbarei.

Heute räumen Abbrucharbeiter mit Spitzhacken diese Heimstätte der Pestilenzen auf, 1922 fanden aber viele arme Leute dort günstiges Obdach. Laster und Tugend standen Seite an Seite, gegenseitige Hilfe erhellte manchmal dieses düstere Bild mit einem Strahl der Nächstenliebe, und eine Schar zerlumpter Kinder, die sich im Schlamm und in den übelriechenden Pfützen wälzte, schaffte es, dank des starken Windes, der die Miasmen hinwegfegte, zu halbwegs gesunden Erwachsenen heranzuwachsen.

Es gibt wahrscheinlich nichts Schmutzigeres und Melancholischeres als die Umgebung von Pantin, einem traurigen Vorort im Norden der Hauptstadt; Pantin mit seiner Schmach immerzu, an den schauerlichen Troppmann, das »Monster mit den acht Morden«, zu erinnern.

Eine kleine Oase lässt sich allenfalls in den Sumpfgebieten und im Schlamm der Halbinsel Gennevilliers in der Seine-Schleife finden. Am Ende siegen die Bäume über den Schutt und die öffentlichen Müllhalden. Das grüne Laub reinigt die Luft, absorbiert den Staub und die stinkenden Abgase, und plötzlich taucht hier ein Stück Garten auf und dort ein Rasenstück, ein Blumenbeet, ein Geranientopf oder ein Resedagewächs, ein zarter Wickenvorhang.

Und eines Tages erblickte in der Zône zwischen Spindelbäumen und Ligustern eine Kneipe das Licht der Welt, die Zône-Bar. Sie ist von einem weißen Zaun umrandet, von dem einträchtig eine dreifarbige und eine rote Flagge hängen.

Im Inneren befindet sich ein großer, mit Ripolin gestrichener Raum; seine frischen weißen Wände zwingen den Stammgästen Sauberkeit auf, die hellen Eichentische glänzen wie Spiegel. Auf der Zinktheke deuten nicht entkorkte Cocktailflaschen an, dass die Kundschaft Importe aus Übersee verschmäht und sich an die traditionellen französischen Getränke hält: zum Singen bringender Pastis »P'tit Bleu« und die Gedärme verdrehender Fusel.

An diesem Abend hatte sich die Kneipe schon beinahe geleert. Nur noch ein paar Männer waren übrig: La Cloche trank in einer Ecke seinen Aperitif aus; ein Tisch vor ihm saß das »Meucheltrio« eng beieinander: drei strubbelige, zusammengesteckte Köpfe.

Sie waren gefürchtete Verbrecher, mehrmals der Höchststrafe entgangen, mehrfach aus dem Gefängnis geflohen. Nun lebten sie fernab der Massen, gesetzlos, unbeugsam, ohne Reue oder Mitleid, hart zu sich selbst und noch härter zu anderen; sie verkauften ihre Dienste und waren zu allem bereit.

Fouinard war der Anführer dieser Bande, der sich gelegentlich noch andere, ebenso gefährliche Kerle anschlossen; mit seinem blassen und finsteren Gesicht überragte er seine Komplizen durch seine Kühnheit, Intelligenz und List, die es ihm ermöglichten, auch in den brenzligsten Fällen den Kopf aus der Schlinge zu ziehen. Pousse-Café, bekannt als »der Liebling der Damen«, geschmückt mit Schmachtlocken und ockergelber Haut, sicherte der Bande die Unterstützung einer Frauenschar, die in kritischen Stunden Zuflucht in ihren Betten, etwas zu essen und vor allem etwas zu trinken bot. Der Furchterregendste der drei war aber der mit dem nilpferdähnlichen Gesicht, dem Käfigbärenblick und dem brutalen Anschein – es war der riesige Double-Turc, benannt nach dem geläufigen Witz: »Was ist stärker als ein Türke? Antwort: zwei Türken ...« Es war ein Spitzname für die Ewigkeit, er selbst unterschrieb im Gefangenenregister mit Double-Turc.

An diesem Abend tranken die drei Männer aus randvollen Gläsern, reihten die leeren Flaschen stolz auf, spuckten, wie es ihre Gewohnheit war, auf den Boden und schnäuzten sich mit den Fingern.

Fouinard drehte sich um und winkte La Cloche zu: »Komm her, du störst nicht.«

Sie bestellten ihm ein Bier.

La Cloche, der ein gutmütiges, aber tief betrübtes Gesicht hatte, passend zu seinem Rumpf, der eines Jahrmarkt-Ringkämpfers würdig war, setzte sich zu ihnen und fragte: »Braucht ihr mich, Genossen?«

»Nein.«

»Was gibt's dann?«

»Wir brauchen deinen Schuppen.«

»Hehlerei?«

»Vorübergehende Hehlerei ... nur für etwa eine Stunde.«

»Genug zum Teilen?«

»Pah! ... Hundert Einheiten.«

»Hunderttausend Francs?«

»Mindestens hundert Millionen.«

»Dumpfbacke!«

»Eine Dumpfbacke«, antwortete der andere, »ist der Engländer aus dem Postflugzeug, der gestern Nacht die beiden Goldsäcke für die Banque de France hier hat runterfallen lassen.«

»Und da die Banque de France in der Zône nun mal durch Monsieur Fouinard vertreten ist, würde dieser gerne das Himmelsgeschenk einstreichen?«

»Es ist meine Pflicht, nichts herumliegen zu lassen! Säcke in Not? Wir kümmern uns drum. Double-Turc wird sie zu einem Lastkahn auf der Seine bringen, und wir vier dampfen ab. Als wäre nichts gewesen.«

»Drei Kilometer zu Fuß mit dieser Last, das ist schwer ...«

»Unterwegs halten wir an, bei dir, La Cloche, am Ziegeleischuppen, und verschnaufen.«

»Wann?«

»Mitternacht.«

»Dann muss ich jetzt nach Hause gehen, zu Abend essen und die Kinder ins Bett bringen, damit wir unsere Ruhe haben; ich habe sieben davon, und die Racker haben Luchsaugen.«

»Also, abgemacht?«

»Abgemacht, solange wir teilen.«

»Topp! Nur eins noch«, bemerkte Fouinard, »du foppst uns nicht, solange die Säcke bei dir sind.«

La Cloche blinzelte. Fouinard hatte den geheimen Plan erraten, der in ihm gärte. Double-Turc lachte, krempelte seinen rechten Ärmel hoch, zeigte seinen Bizeps und scherzte: »Wie soll sich La Cloche dagegen wehren? Tickt er aus, zermatsche ich ihn.«

La Cloche gab nach: »Du zermatschst mich? In Ordnung.«

Er stand auf, ging zügig zum Fenster und schloss es. Ihm schien, er habe jemanden gesehen. Tatsächlich sah er einen Schatten durch die Scheibe, der sich im Gestrüpp versteckte und dann schnell weglief. Er hatte den Eindruck, dass dieser Schatten der seiner ältesten Tochter, Josépha, war. Aber warum sollte Josépha hergekommen sein? Und warum hätte sie zuhören sollen? War sie nicht im Schuppen und kochte das Ragout?

»Na dann«, sagte er. »Wenn ihr in der Nähe seid, pfeift kurz, in Ordnung, Kameraden?«

Er machte sich munter auf den Weg in die dunkle Nacht, am Himmel zogen schwere Regenwolken auf.

Nach zehn Minuten stieß er das Tor eines großen eingezäunten Grundstücks auf, an dessen Ende der Schuppen stand, in dem die Familie La Cloche zusammengepfercht wohnte. Es waren die Überreste einer alten, von ihren Besitzern verlassenen Ziegelei. In den Fenstern gingen Lichter an und aus. Er rieb seine Handflächen aneinander, er freute sich immer, nach Hause zu kommen. Rechts und links auf dem dunklen Gelände standen die Hütten voller Lumpen und sonstiger schmutziger Beute vom täglichen Marodieren.

La Cloche, ein kräftig gebauter Mann von etwa sechzig Jahren, mit einem freundlichen, sympathischen Gesicht, das jedoch von Trunkenheit und Ausschweifungen verwüstet war, genoss einiges Ansehen in der Zône: Er sollte Ersparnisse angehäuft haben und er hatte gute Beziehungen zur Polizei. Siebenmal hatte er ganz reizende Frauen geheiratet; sie hatten sich verführen lassen von diesem Frauenhelden, von diesem Schönredner und Wichtigtuer. Er hatte sie wie Sklavinnen schuften lassen und sie so unglücklich wie nur möglich gemacht.

»Eine Sache des Prinzips«, verkündete er. »Man muss die

launischen Dinger mit Schmackes verprügeln. Das macht sie gefügig für spaßige Dinge, und dann stopft man sie, bis der Durst gestillt ist. Sonst ist es der Nachbar, der sich den Schlüssel zum Keller angelt und direkt aus den Fässern trinkt.«

Und die sieben Frauen verschwanden oder siechten dahin, ohne dass es jemals möglich gewesen wäre, die Todesursache oder das genaue Datum des Verschwindens bei irgendeiner von ihnen zu bestimmen. Daher der Klatsch und Tratsch in der Zône, die gerichtlichen Untersuchungen und manchmal die Autopsien.

»Was wollen Sie von mir hören? Bin ich Arzt?! Ist Ernestine an einer Erkältung und Gertrude an einem Hühnerauge gestorben? Oder andersherum? Keine Ahnung, ich weiß es nicht.«

»Sie haben sie auf jeden Fall geschlagen ...«

»Das muss sein. Sonst ist es der Nachbar, der ins Taxi steigt.«

Konnte man diesen großen Jungen aber wirklich verdächtigen, der ganz weich wurde und schluchzte, wenn er eine traurige Geschichte hörte? »Tränenauge«, sagten seine Freunde, könne keiner Fliege was zuleide tun. Wenn eine in sein Glas fiele, schlucke er sie eher, als sie leiden zu lassen. Was Herzensangelegenheiten und Herzensgüte anginge, sei er ein Kalb.

Von seinen sieben Ehefrauen hatte er sieben Kinder. Vier Mädchen: Josépha, Charlotte, Marie-Thérèse und Antoinette, und drei Jungen: Gustave, Léonce und Amédée.

»Das Einzige, was mich stört«, sagte er, »ist, dass ich durcheinanderkomme. Von wem ist Josépha? Und von wem Léonce? Ich bin mir nicht sicher, ob ich mich richtig erinnere. Ich hätte Zahlen auf die Stirnen der Mütter einritzen müssen und die Kinder durchnummerieren, wie Umkleidekammern. So wäre ich nicht durcheinandergekommen. Und dann dachte ich, ich hätte drei Mädchen und vier Jungens, und dabei habe ich vier und drei. Das sind immerhin weiterhin sieben. Wie auch immer, es gibt viel Rabatz und das vergrätzt mich.«

»Ist die Suppe fertig?«, rief er, als er eintrat.

Joségha kam aus der Küche gelaufen, ein Geschirrtuch in der Hand. »Ja, Papa, Amédée und ich decken den Tisch.«

La Cloche kniff sie ins Ohr. »Was hast du vorhin unter den Fenstern der Kneipe getrieben?«

»Ich?«, murmelte das Mädchen verwirrt. »Ich? Ich habe den Herd nicht verlassen. Du wirst gleich sehen ... bestes Rindsgulasch.«

Um das Tischtuch auszubreiten, schob sie die Schulbücher und Schulhefte beiseite, die den Tisch bedeckten. Der Vater blätterte die Hefte mechanisch durch und schimpfte böse und wütend: »Charlotte, hierher! ... Wird's bald?!«

Ein Mädchen, etwa vierzehn bis fünfzehn Jahre alt, hübsch, aber mit einem gequälten Gesichtsausdruck, näherte sich verängstigt.

»Tintenflecken auf deiner heiligen Geschichte, Charlotte?! Wie schmutzig du bist! Bring mir die Peitsche!«

Das Kind nahm die Peitsche mit den Lederriemen von der Wand. Es zitterte.

»Zieh die Bluse aus.«

Sie gehorchte und enthüllte einen armseligen kleinen Körper, aus dem die Knochen herausragten.

»Knie dich hin!«

»Papa, lieber Papa, schlag bitte sanft zu. Du musst mir nicht wehtun.«

»Nimm den Kopf runter und halt's Maul!«

Er hob den Arm, schlug aber nicht zu. Er blieb bewegungslos stehen, die Peitsche hing in der Luft. Seine älteste Tochter hatte sich direkt vor ihm aufgestellt.

»Joséphe, was soll das?«

»Ich verbiete dir, die Kleine auch nur anzurühren.«

»Weg da, ich bin der Herr im Haus.«

»Ich verbiete es dir. Die Kleine ist krank. Deine Schläge bringen sie um. Ich habe genug! Wir haben alle genug, nicht wahr, was sagt ihr anderen?«

Sie wandte sich an ihre Brüder und Schwestern, die sich nicht bewegten; sie trauten sich nicht, Partei zu ergreifen.

Der Vater hob seinen Arm wieder an. Joséphe wurde lauter und hatte nun einen Revolver in der Hand, es war nicht klar, wo sie ihn hergeholt hatte: »Wenn du sie anfasst, schieße ich dir in die Fresse.«

Seine älteste Tochter hatte schon immer ein großes Mundwerk gehabt. Er erwiderte: »Ich muss ihr aber Sauberkeit beibringen.«

»Nicht, indem du sie schlägst. Man kann ein Kind nicht davon abhalten, Flecken zu machen. Schlag mich, wenn dir das Spaß macht, und sie wird es besser verstehen und vorsichtiger sein.«

»Ist das dein Ernst? Du ziehst deine Bluse aus und gehst auf die Knie?«

»Warum nicht?«

Die Augen des Mannes leuchteten. »Zieh dich aus.«

Sie öffnete zuerst die Kragenknöpfe und dann, langsam, die restlichen.

»Auf die Knie! Auf die Knie! Und lass die Waffe fallen.«

Sie gehorchte.

Langsam zog sie die Bluse aus. Ihr nackter Rücken wurde sichtbar, ganz weiß, und er wirkte so weich wie ein Satinstoff.

»Bist du bereit?«

»Nur zu ... und ich schwöre, ich werde mich nicht beklagen.«

Die Peitsche knallte auf ihren Rücken.

Sie sprang auf und stellte sich wieder vor ihn hin, die Fäuste ausgestreckt: »Nein, nein! In meinem Alter kniet man sich nicht hin und lässt sich auspeitschen. Was bist du nur für ein Tier!«

La Cloche hielt verwirrt inne, stierte auf den Oberkörper der Jugendlichen und grummelte: »Du bist gar kein Mädchen?! Du bist ein Junge – du, Josépha?«

»Ja, ein Junge ... und ich heiße Joséphin. Alle anderen wissen es ... und Maman wusste es auch, verdammt!«

Der Vater stotterte: »Deine Mutter ... das Luder!«

Er bekam eine kräftige Ohrfeige. Sie verschlug ihm den Atem, er keuchte: »Ah! ... Ah! ... Sie ist mausetot!« Und weiter: »Dieses Luder ...«

Er bekam eine zweite Ohrfeige, begleitet von den Worten: »Befehl von Maman ... meine liebe Maman, deren Namen du nicht mal kennst ... Es war Angelique, die Hübscheste von allen. Sie war eine tolle Mutter, sie küsste mich heimlich und sagte mir: ›Du wirst als kleines Mädchen aufwachsen, damit du nicht allzu hart arbeiten musst. Später wirst du stark werden, und wenn du dich stärker fühlst als er, wenn er dich oder deine Brüder und Schwestern anfasst, verpasst du ihm eine ordentliche Tracht Prügel. Ich habe einmal eine Suppenschüssel auf seinem Kopf zerbrochen. Und er hat nicht einmal gezuckt! Tu es mir nach. Danach wirst du der Herr im Haus. Er ist ein Feigling.‹«

La Cloche hatte die Arme vor der Brust verschränkt. Die Aussicht auf einen Kampf mit diesem Jungen begeisterte ihn. Was für eine Revanche! Und zwar eine sofortige und vollständige! Er lächelte und hob den Revolver auf.

»Nein, nicht so, Papa. Wir sind nicht hier, um uns gegenseitig zu töten, sondern damit du eine Lektion bekommst.«

Da der Vater aber nicht lockerließ und die Waffe auf seinen Sohn richtete, sprang Joséphin in die Höhe und schlug ihm mit einem gezielten Schlag mit der Schuhspitze den Revolver aus der Hand.

»Du Aas«, knurrte La Cloche, »das ist gegen die Regel!«

»Das geht immer, Papa.«

»Na dann, los«, sagte der Vater, packte Joséphin und drückte seine Brust mit aller Kraft, als würde er ihn erdrücken wollen. Er brach in Gelächter aus: »Ich glaube, du platzt gleich, mein Kleiner. Bitte den Alten um Verzeihung, und ich lasse los.«

»Ich soll um Verzeihung bitten?«

Er schlug seinerseits zu. Der Alte murrte: »Ah, du Rindviech! Was war das? Du hast mir den Arm gebrochen.«

»Aber nein, nicht doch, nichts ist gebrochen ... es ist höchstens ein Muskel gerissen.«

»Himmel, Arsch und Zwirn! Du hast ja was drauf!«

Er schrie vor Schmerzen, sein Arm hing reglos herunter. Er sah Joséphin an. Der Jugendliche hatte einen gnadenlosen Gesichtsausdruck, die Augen eines jungen Wilden.

»Es ist nichts Schlimmes, Papa«, sagte der Junge. »Im Moment tut es weh, ja. Aber nach einem sanften Reiben in die richtige Richtung ist es schon vergessen. Lass mich das machen ... du wirst sehen, es geht schnell vorbei.«

Er umarmte den alten Mann sanft und flüsterte ihm ins Ohr: »Nichts für ungut, Papa, und fang nicht wieder an. Wir könnten alle so gut miteinander auskommen. Das hängt nur von dir ab ... Warum musst du uns so grob behandeln?«

La Cloche beruhigte sich. Er gab nach: »In Ordnung. Wirf die Peitsche ins Feuer. Aber was deine Mutter angeht, die hübsche Angélique, da solltest du dir nichts vormachen. Ich könnte dir Dinge erzählen, die dich sehr beschämen würden, mein Junge.«

»Ja, ich kann mir schon denken, was du sagen willst, Papa. Sie hat dich betrogen. Ah, bravo, Maman! Bravo, Angélique!«

»Schlimmer als das …«

»Du bist vielleicht nicht mein Vater? Ja?! Sag es mir, Papa, ich wäre froh drum!«

Joséphin näherte sich La Cloche und sagte mit tiefer, bitterer Stimme: »Genug der Verleumdungen! Ich weiß viel zu viel über dich. Und wenn ich den Ermittlern den Hinweis geben würde, in einer bestimmten geheimen Schublade zu suchen und einige der weißen Pulver zu analysieren, die dort versteckt sind, vielleicht würde sich dann der Tod von Maman und der Tod der anderen Frauen klären, auf eine Art, die dir nicht unbedingt gefallen würde. Aber lass uns nicht darüber reden. Es reicht, wenn du weißt, dass ich dich in der Hand habe und dass es besser ist, vorsichtig zu sein. Jetzt bist du gewarnt! Und vergiss nicht, ich bin der Chef, ich bin der Herr im Haus! Du wirst mir gehorchen wie die anderen. Und nun bringe ich die Kinder ins Bett.«

Der Alte war ganz blass. Er biss sich auf die Unterlippe, ballte die Fäuste und verspürte eine ungeheuerliche Lust, sich seinem Zorn hinzugeben. Er hielt sich aber zurück. Dieser unbarmherzige Bengel machte ihm Angst. Zu gegebener Zeit würde er sich aber rächen.

5
Cocorico

Sobald in der Zône von Julainville ein Raub, ein Verbrechen oder eine andere Missetat begangen wurde, dachten die Strafverfolger, die Polizei, die kommunalen Behörden und alle Anwohner sofort an das Meucheltrio. Ihre Vergangenheit als hartgesottene Wiederholungstäter und die Art, wie sie lebten, machten sie automatisch zu Verdächtigen.

Um neun Uhr morgens wusste man bereits, dass die drei sich am Vorabend in der Zône-Bar getroffen und anschließend den Weg zu dem Nebengebäude genommen hatten, wo die Säcke hingefallen waren; trotz Überwachung durch vier Gendarmen und einem halben Dutzend Detektiven im Dienst der Banque de France waren die Säcke verschwunden. Von der kleinen Truppe, die Wache hielt, blieben nur drei Mann übrig, die anderen wurden von dem berüchtigten Double-Turc mit Keulenschlägen getötet, während Fouinard und Pousse-Café das Gold abtransportierten.

Die Überlebenden wurden gefragt: »Haben Sie den Riesen erkannt?«

»Bei Gott, ja!«

»Würden Sie seine Komplizen erkennen?«

»Schwierig.«

Die Ermittlungsrichter traten in Aktion. Es hatte in der Nacht geregnet, und die drei Fußspuren ließen sich auf dem aufgeweichten Boden leicht zur Kneipe hin und von ihr weg verfolgen. Sie führten zu dem Grundstück mit der ehemaligen Ziegelei. Die Ermittler betraten das Gelände und klingelten dann an der Tür der Werkstatt, wo die Kinder sie begrüßten. Auf dem Boden in der Mitte des Raumes lag La Cloche gefesselt und geknebelt und mit Seilen an den Fuß des zentralen Tragpfeilers gebunden.

»Die Sauhunde, die Elenden!«, rief er, als er losgebunden wurde. »Sie haben mich hinausgerufen und mich gebeten, die Säcke zu bewachen, während sie zu einem auf der Seine vertäuten Kahn gehen wollten, um Verstärkung zu holen. Ich habe abgelehnt. Also haben sie mich zusammengeschlagen und gefesselt. Ich war fuchsteufelswild.«

»Wer hat Sie gefesselt und hierhergebracht?«

»Weiß nicht.«

»Und was glauben Sie, wo sind sie hin?«

»Zum Kahn.«

»Wir müssen also nur ihren Spuren folgen?«

»Ja, den Fluss runter. Da wartet ein Dampfer auf sie.«

So einfach, wie er sagte, war es nicht. Die Spuren der drei Männer wurden nicht gefunden, wohl aber eine vierte Spur, die keiner derjenigen ähnelte, die sie zur Ziegelei geführt hatten. Was den verschwundenen Kahn betraf, so holte ihn ein Gendarm auf einem Motorrad eine Stunde später am Rande von Pontoise ein. Kein Meucheltrio, keine Goldsäcke.

Als der Gendarm nach seiner Rückkehr Bericht erstattete, saßen La Cloche und die sieben Kinder, darunter Joséphin in einem feinen neuen Anzug, der seine schlanke Taille und die breiten Schultern zur Geltung brachte, beim Frühstück und waren ganz Ohr.

Und dann ertönte plötzlich schrill und vibrierend, von der Seine her, ein Hahnenschrei; er stand in keinem Verhältnis zum Krähen eines gewöhnlichen Hühnervogels. Das gewaltige

Geschrei breitete sich aus, hallte gegen die nahen Hügel und kehrte als kaum gedämpftes Echo zurück.

»Kikeriki!«

In einer einzigen Bewegung, die einer mit militärischer Disziplin durchgeführten Übung ähnelte, standen die sieben Kinder, Jungen und Mädchen, starr aufrecht. Ein zweites »Kikeriki!« ertönte sogar noch triumphierender. Die Kinder erschauderten. Beim dritten sprangen sie aus dem Schuppen, als würden sie mit Wucht durch die Türen und Fenster geschleudert.

Alle stürmten in die Zône von Julainville, einige nahmen eine Straße, andere einen Pfad, wiederum andere überquerten eine Wiese, einen Garten oder eine Brache, aber alle rannten atemlos in die gleiche Richtung, mit dem augenscheinlichen Wunsch, als Erste dort anzukommen.

Was war das Ziel? War es jenes Plateau mit angesengtem Gras, das Joséphin eine halbe Minute vor den anderen erreichte und wo er über eine weiße Schranke sprang? Auf einem Hügel stand ein noch relativ junger Mann, sportlich gekleidet, mit kurzer Hose, stolzer Brust und nackten Armen und sah mit seiner Schirmmütze mit Borten und der khakifarbenen Jacke mit Goldknöpfen aus wie ein ehemaliger Offizier.

Joséphin stellte sich zu ihm und streckte ihm die Hände entgegen. Der Mann nahm sie zwischen seine, und sie sahen sich tief in die Augen.

»Joséphin«, sagte der Mann, »das Duell hat stattgefunden, das sehe ich an deinem Gesichtsausdruck.«

»Ja, und es war nicht allzu schwer.«

Joséphin berichtete die Szene mit La Cloche. Er wurde dabei immer aufgeregter, und der Mann unterbrach ihn: »Halt!«

»Chef, das Beste habe ich noch nicht erzählt.«

»Weiß ich! Aber was ist der Clou an meiner Methode? Niemals die Beherrschung verlieren, immer die absolute Kontrolle über sich behalten. Keine sichtbaren Emotionen, kein Zittern in der Stimme. Ein ruhiger Blick, eine ruhige Stimme. Verstanden? Gut so! Und jetzt: lächeln. Sehr gut. Und jetzt: erzähl. Was hat er dir gesagt, der alte Geck?«

»Dass Maman nicht unschuldig war.«

»Und hast du ihm geantwortet?«

»Klar, ich hab's ihm gegeben.«

»Ist das alles?«

»Nein, er ließ mich wissen, dass ich wahrscheinlich nicht sein Sohn bin.«

»Und was hast du erwidert?«

»›Oh, Papa, wenn das nur wahr wäre!‹«

»Sehr gut.«

»Aber, Capitaine, wenn er es nicht ist ... wer könnte es sein? Sie müssen es wissen! Bitte, sagen Sie es mir ...«

»Lass uns nicht allzu Genaues aussprechen, Joséphin, wir wollen uns in unserem Denken und Handeln von unseren Herzen leiten lassen.«

Es kamen immer mehr Kinder dazu, einzeln oder in Gruppen. Von Zeit zu Zeit sandte der Capitaine einen hektischen Ruf aus, und Trupps von Jungen und Mädchen oder kleineren Kindern kamen von allen Seiten angerannt, kletterten über den Zaun, versammelten sich in Gruppen um Stangen mit Schildern und Hinweisen: »Die weißen Damen«, »Die Skalpjäger« und so weiter.

Zwei Männer hatten sich ebenfalls genähert. Gefolgt von den Gendarmen und Detektiven stiegen sie schweigend auf den Hügel, auf dem sich der Capitaine und Joséphin befanden. Diese schienen jedoch niemanden außer sich selbst zu beachten. Sie gaben sich ganz sanft und zurückhaltend die Hand, woraufhin der Chef einen Arm in die Höhe hob. Ein gewaltiges Geschrei ertönte. Dann herrschte auf einmal eine Stille der Kontemplation, der Erwartung, der Vorfreude, und plötzlich hämmerte der Capitaine in harten, gebieterischen Silben Kommandos heraus, und die kleinen Körper beugten sich und richteten sich in Ertüchtigungsübungen auf, wie sich auf einem Feld die reifen Ähren unter den Wellen eines Sturms aus Wind und Regen biegen und dann wieder aufrichten.

»Rühren!«

Alle warfen sich auf den Boden. Ein Moment verging. Dann begann wieder der Rhythmus der Übungen. Ein neuer Befehl zur Pause und die Kinder hockten im Schneidersitz und lauschten den kurzen Sätzen, die der Chef mit autoritärer Stimme aussprach.

»Liebe Kinder, wenn diese Übungen aufhören, die ihr jeden Tag mit einem Glauben und einer Fröhlichkeit ausführt, für die ich euch danke, dann beginnt für jeden von euch das eigene Leben, und ich bitte euch, ihm die gleiche Begeisterung, den gleichen Ernst und die gleiche leidenschaftliche Aufmerksamkeit zu widmen. Jeder von euch ist für das verantwortlich, was er tut. Ich glaube nicht, dass es möglich ist, jeden Tag eine gute Tat zu vollbringen, aber ihr könnt immer euer Bestes tun und im Interesse eurer Gesundheit und eurer persönlichen Würde handeln. Egal wie jung ihr seid, ihr müsst euch gegen diejenigen wehren, die versuchen, euch zu demütigen oder herabzusetzen. Wenn andere euch Unrecht tun, ist Ungehorsam eure Pflicht. Wenn euer Vater oder eure Mutter sich so weit vergessen, dass sie euch schlagen, dann rebelliert, beschwert euch bei der erstbesten Person, der ihr begegnet: Ein Kind darf nicht unglücklich sein, weil diejenigen, die für sein Glück verantwortlich sind, Fehler machen. Und wenn niemand auf euch hört, dann kommt ihr zu mir. Ich bin nicht nur der Lehrer, der über die Gelenkigkeit eurer Körper wacht, ich bin auch derjenige, der euch beisteht, euch beschützt und liebt. Bis morgen, meine lieben Kinder.«

Der Rückzug der Kinder war sehr geordnet, ganz im Gegensatz zur stürmischen und dem Zufall überlassenen Ankunft. Jedes Kind schien einem ihm zugewiesenen Weg zu folgen. Die Schranken wurden nicht übersprungen, sondern an Stellen überquert, an denen es ausreichte, zu schieben, um einen Durchgang zu schaffen. Und auf dem weitläufigen Plateau standen bald nur noch die beiden Ermittlungsrichter und die Polizeieskorte. Sie waren alle vornübergebeugt, die Augen starr auf den Boden gerichtet, als ob sie nach etwas suchen würden. Und ihre Suche führte sie an den Fuß der zentralen Anhöhe.

Der Capitaine kam ihnen entgegen und fragte denjenigen, der die wichtigste Person zu sein schien: »Was gibt es, Monsieur? Sie wissen vielleicht nicht, dass Sie sich hier auf einem Privatgelände befinden?«

»Entschuldigen Sie, wir dachten, das wäre kommunales Eigentum. Ich bin Monsieur Fourvier, Ermittlungsrichter. Die Pariser Staatsanwaltschaft hat mich beauftragt, das Ermittlungsverfahren in der Angelegenheit der aus einem englischen Flugzeug gefallenen Goldsäcke zu leiten. Und das sind meine Mitarbeiter einschließlich des Staatsanwalts.«

Der Capitaine erklärte: »Ich habe in der Tat schon von diesen Säcken gehört. Sie sind verschwunden, sagen Sie?«

»Ja, ebenso wie die mutmaßlichen Diebe, gefährliche Gestalten, deren Spur wir aufgenommen haben.«

»Und diese Spur führt hierher?«

»Genau hierher.«

56

Die Begleiter des Ermittlungsrichters waren vorangeschritten und umringten den Capitaine.

Er sah sie erstaunt an und fing an zu lachen: »Das würde ja darauf hindeuten, Monsieur, dass sich die beiden Säcke und die drei Diebe in Luft aufgelöst haben, denn zwischen Ihnen und mir kann ich nichts erkennen, weder Säcke noch verdächtige Personen.«

Fourvier deutete an: »Nein, aber die Spuren führen hinter Ihrem Rücken weiter, Monsieur, den Hohlweg hinunter in Richtung der Eisentür eines Bunkers.«

»Es handelt sich um eine Kasematte aus der gallorömischen Epoche, die ich gelegentlich als Keller für meinen Wein benutze.«

Der Capitaine trat zur Seite und machte den Beamten Platz. Fourvier ging vor, um das Gelass zu untersuchen, das aus Ziegeln und Schutt gebaut war; als er zurückkehrte, sah er sich die Fußabdrücke genau an und sagte dann: »Man hört Geräusche, die aus dem Inneren kommen, Stimmen, Klagen.«

»Vielleicht«, sagte der Capitaine, »habe ich die drei Diebe dort eingesperrt.«

»Jedenfalls«, sagte Fourvier, »enden die drei Spuren hier, und bei der vierten handelt es sich nicht um grobe Stiefel, sondern um elegante, feine Schuhe von unterdurchschnittlicher Größe.«

»Es würde Ihnen sicherlich sehr entgegenkommen, Herr Ermittlungsrichter, wenn Sie diese Fußabdrücke mit meinen Schuhen vergleichen könnten.«

Ohne eine Antwort abzuwarten, ging der Capitaine zum Hohlweg und setzte einen Fuß in den Abdruck, der ihm gezeigt wurde: Form und Maße stimmten genau überein.

Zwei Detektive flankierten ihn sofort rechts und links, und einer von ihnen sagte: »Der Schlüssel ... haben Sie ihn?«

Er hielt ihnen einen großen, rostigen Schlüssel hin, mit dem ein Wachtmeister die Eisentür mühelos öffnete. Drinnen unterhielten sich drei aneinandergepresste Männer: das Meucheltrio.

Der Gendarm führte sie hinaus.

Double-Turc richtete seine Faust auf den Capitaine und schimpfte: »Das ist der Bastard, der uns erwischt hat, als wir beim Kahn ankamen. Er hat mir ein Seil wie ein Lasso um den Hals geworfen. Ich erkenne ihn.«

»So, so«, lachte der Capitaine, »ich alleine soll euch drei gefangen und hierhergebracht haben?«

»Himmelherrgott noch mal! Ich hatte eine Schlinge um den Hals, Sie hätten nur zuziehen brauchen. Die anderen wurden wie durch unsichtbare Hände gelähmt. Fouinard und Pousse-Café hatten die Säcke. Als Sie uns hier eingeschlossen haben, haben Sie das Gold entwendet.«

»Und Sie haben das alles einfach so mit sich machen lassen, drei Mann gegen einen?«

»Wir konnten uns nicht wehren! Sie haben Ihre Tricks, um Menschen gefügig zu machen, Sie stechen Nadeln unter die Haut, haben Zangen, die Arme brechen. Man folgt Ihnen gegen den eigenen Willen.«

Fourvier stellte sich zwischen den Capitaine und die Wand des Hohlweges und fragte unwirsch: »Was haben Sie mit den Säcken gemacht?«

»Glauben Sie denn auch nur ein einziges Wort von dem, was dieser Schuft sagt, Herr Ermittlungsrichter? Ich soll diesen Koloss und seine beiden Komplizen überwältigt haben?«

»Ja, das scheint in der Tat unglaubwürdig. Aber List ist oft stärker als Muskelkraft. Wer sind Sie, Monsieur?«

»Ist das jetzt ein Verhör?«

»Es steht Ihnen frei, nicht zu antworten.«

»Ich habe nichts zu verbergen.« Und dann ergänzte er ganz ruhig: »Ich bin Capitaine André de Savery, Reserveoffizier, ehrenamtlicher Ausbilder für Schulklassen in der nördlichen Banlieue von Paris, ebenfalls bekannt unter dem Namen Capitaine Cocorico.«

»Wohnhaft?«

»Hier.«

»Im Bunker?«

»Nein, in dieser Hängematte, die zwischen zwei Weidenbäumen hängt, oberhalb eines Baumstamms, den ich als Tisch benutze. Sie können dort meinen Tabakbeutel sehen und zwei Hemden, die ich zum Trocknen aufgehängt habe.«

»Und wenn es regnet?«

»Wenn es regnet, spanne ich eine Gummidecke über mir auf.«

»Und wenn es stark regnet?«

»Dann schlafe ich dort unter einem Glasrahmen.«

»Nicht sehr komfortabel.«

»Sehr hygienisch.«

»Beruf?«

»Archäologe, Stadtplaner, Referent, Pädagoge.«

»Was kommt dabei rum?«

»Ehre! Ich bin da sehr sensibel. Zunächst einmal bin ich als Archäologe leidenschaftlich an den Denkmälern und städtebaulichen Arbeiten der gallorömischen Zeit interessiert. Ich war es, der das Römerlager von Jublains im Département Mayenne aufgespürt und der das antike Theater von Lillebonne rekonstruiert hat, ebenso wie die verschiedenen Städte, die Kaiser Julian in der Nähe von Paris und in der Normandie errichten ließ. Der Name Julainville hat meine Aufmerksamkeit erregt, deshalb kam ich hierher und entdeckte die Überreste einer befestigten

Anlage rund um dieses Gelände; ich kaufte den Grund und machte Ausgrabungen in der Anhöhe, auf deren Trümmern wir uns gerade befinden. Da entdeckte ich die zentrale Kasematte dieses Oppidums, ein geheimer Ort, an dem die Eroberer ihre Waffendepots und ihren Reichtum versteckten.«

»Und Sie haben sie sich unter den Nagel gerissen?«

»Die Reichtümer? Selbstverständlich. Etwa fünfhunderttausend Francs in Goldstaub. Ich habe sie durch drei geteilt, ein Drittel für mich, ein Drittel für den ehemaligen Besitzer, ein Drittel für die Gemeinde. Das Verwaltungsgericht hat es genehmigt. Bei mir ist also alles in Ordnung, Herr Ermittlungsrichter, ich bin unanfechtbar, ehrlicher, als es der ehrlichste Mann an meiner Stelle gewesen wäre. Ich fahre fort: Zweitens bin ich Stadtplaner.«

Capitaine Cocorico packte Monsieur Fourvier am Arm und führte ihn durch den Teil der Zône, der zwischen seinem Grundstück und dem Fluss lag.

»Das nenne ich Wandlung!«, rief der Ermittlungsrichter aus. »Was ich bisher gesehen habe, war schmutzig, lausig, desolat, und hier ist es sauber, ordentlich und sogar reizend.«

»Stadtplanung! Glauben Sie mir, Monsieur, es ist beflügelnd, aus Aussätzigem und Schande etwas Neues zu schaffen; fröhliche, schön und bunt gestrichene Häuser statt trister Baracken; ein sauberer Boden, Straßen und Bürgersteige, wo es früher vor Teer- und Wellpapphütten wimmelte, wo sich Pfützen aus Schlamm, Schalen, Exkrementen und toten Tieren aneinanderreihten. Was für eine Freude, Straßen zu entwerfen, sie schnurgerade zu ziehen, die Erde umzugraben, Aquädukte, Rohre, Bürgersteige zu planen; Gaslaternen zu beschaffen, ein elektrisches Netz bereitzustellen, Bäume zu pflanzen, Plätze vorzusehen für Parks, für eine Festhalle und einen Musikpavillon, für Arbeiterunterkünfte, deren nie fristgerecht beglichene Rechnungen in Ihrer Schublade vergilben!«

»Aber das alles kostet doch ein Vermögen!«

»Und noch viel mehr!«

»Sie sind also so reich?«

»Noch viel reicher!«

»Wie kommen Sie nur damit hin?«

»Ich tue es nicht. So reich ich auch gewesen sein mag, ich habe mich beinahe ruiniert.«

»Und nun?«

»Nun ... stehle ich.«

6
Ein sonderbarer Mann

»Sie stehlen?«, fragte Fourvier erstaunt.

»Unter einem anderen Namen. Ich habe zwei Identitäten, die eine ist André de Savery, die andere ...«

»Die andere ist Arsène Lupin«, unterbrach ihn der Beamte.

»So ähnlich«, gab der Capitaine zu. »Arsène Lupin hat als technischer Berater im Kabinett des Polizeipräfekten gearbeitet, als Archäologe und Stadtplaner im Innenministerium, als Ausbilder im Ministerium für Erziehung und Gesundheit, als ehrlicher Mann im Justizministerium ... Das ist doch ein schönes Karriereende, nicht wahr, Herr Ermittlungsrichter?«

»Mir war zu Ohren gekommen, Lupin sei tot.«

»Lupin vielleicht, aber ich nicht. Es wäre viel zu schade, in der Blüte des Lebens zu sterben.«

»Wie alt sind Sie?«

»Vierzig«, antwortete André de Savery kühl. »Und in Hochform! Zwei bis drei spannende Berufe, Geld, das ich stehlen kann ...«

»Und was ist, wenn Sie mal kein Geld haben?«

»Dann nehme ich Gold. Folglich habe ich nur die Hälfte des Goldstaubs aus der Kasematte offiziell angegeben.«

»Könnten sich die verschwundenen Goldsäcke in Ihren Händen befinden?«

»Ich fürchte, ja.«

»Und wenn wir Sie verhaften ... und das ganze Gelände durchsuchen lassen?«

»Zeitverschwendung. Wenn ich verhaftet werde, werde ich fliehen und mein Eigentum mitnehmen. Und außerdem werden Sie mich nicht verhaften. Ihre Vorgesetzten würden eine Verhaftung missbilligen.«

»Ein Ermittlungsrichter hat keine Vorgesetzten, Capitaine.«

Sie standen auf, starrten sich gegenseitig an, und der Ermittlungsrichter fuhr langsam fort: »Und wenn ich Sie trotzdem verhafte? Ihre soziale und juristische Situation ist vielleicht nicht so stabil, wie Sie denken. Eingesperrt, von mir überzeugend dargelegt, dass Sie siebenhundert Millionen in Gold gestohlen und versteckt haben, sind Sie nicht mehr die unantastbare Person, die Sie waren, als sich niemand traute, Sie anzugreifen. Was ist, wenn ich mich traue?«

Der Capitaine dachte kurz nach. Die Bedrohung war ernst. Er eilte zur Kasematte und kam kurz darauf mit einem Telefon an einer sehr langen Schnur zurück. Er reichte Fourvier den Hörer mit den Worten: »Ich habe bei der Polizeipräfektur angerufen, der Polizeipräfekt ist in der Leitung.«

Fourvier nahm das Telefon entgegen, Savery entfernte sich aus Diskretionsgründen.

Nach einem sehr kurzen Telefongespräch gesellte sich Fourvier zu ihm und sagte lächelnd: »Es sind nicht die Informationen, die ich über Sie erhalten habe, Capitaine, die mich beeindruckt haben, sondern die grenzenlose Bewunderung, die mehr Ihrem Verhalten als Ihren Verdiensten gilt, wobei Letztere doch unvergleichlich sind ... Sie sollen Marokko während des Krieges gerettet haben. Sie sollen ...«

André de Savery nickte.

»Ein gewisser Lyautey soll auch dabei gewesen sein und Ihre Heldentaten bestätigt haben.«

»Der Maréchal ist ein sehr bescheidener Mann.«

»Das sind Sie auch, Capitaine. Es scheint ...«

»Kurzum, Monsieur?«

»Kurzum wurde mir geraten, mich auf Sie zu verlassen wie auf einen Mitarbeiter, der in der Lage ist, jedes Ziel mit den sichersten und legitimsten Mitteln zu erreichen, so eigenartig sie auf den ersten Blick auch erscheinen mögen.«

»Also, kein Haftbefehl?«

»Kommt nicht mehr infrage. Aber wie erreiche ich ein Ziel, auf das Sie sich nicht einlassen wollen?«

»Welches Ziel?«

»Die Rückgabe der Säcke!«

»An wen, Herr Ermittlungsrichter? An die Banque de France? Oder an die Bank of England?«

»Nein, Capitaine, an die Person, die trotz gegenteiliger Ratschläge darauf bestanden hat, dass diese Taschen von einer Bank zur anderen geflogen werden, ein gewisser Lord Harrington.«

Just in diesem Moment tauchte ein schlanker, gut gebauter junger Mann auf.

»Joséphin, was gibt es?«

»Ein Brief, Capitaine. Ein Junge aus der Gegend hat ihn mir für Sie gegeben.«

»Alle Achtung!«, rief Savery aus, »Das Symbol des Blauen Kreuzes! Es ist ernst! Sonst noch etwas, Joséphin?«

»Nichts weiter, Capitaine.«

»Dann geh nach Hause und sag deiner Schwester, sie soll mein Mittagessen bereithalten. Ich werde auf einen Bissen vorbeikommen. Und jetzt ab mit dir.«

Er steckte den Brief in die Tasche, ohne ihn zu öffnen.

»Lesen Sie ihn denn nicht?«, bemerkte Fourvier.

»Nein. Ich kann mir denken, was es ist: ein Drohbrief.«

»Gegen Sie?«

»Gegen Lupin.«

»Haben Sie Feinde?«

»Ich habe diesen einen Feind, einen Engländer, der mich mit seinem Hass verfolgt und versucht, alle meine Pläne zu durchkreuzen. Er ist unwahrscheinlich stark. Was für Mittel er parat hat! Was für Ressourcen! Er will mich vernichten, und jeden Tag gibt es einen Drohbrief.«

»Wer arbeitet denn in Frankreich für ihn?«

»Das Meucheltrio – Fouinard, Pousse-Café und Double-Turc – sowie alle, die mit den drei Halunken paktieren.«

»Darf ich Ihnen meine Hilfe anbieten, Capitaine? Ich könnte Ihnen dreißig Männer zur Verfügung stellen ... vierzig ... fünfzig.«

»Ich habe fünfhundert. Ich habe tausend. Aber danke.«

»Aber wo sind sie?«

Der Capitaine klappte den Baumstamm um, der neben ihm lag, sodass sich eine bequeme Bank auftat. Er bat Fourvier, sich neben ihn zu setzen.

»Sehen Sie es mal so, ich denke, es ist gut, wenn Sie mich kennen. Zwei meiner Identitäten habe ich Ihnen bereits offenbart, den Archäologen und den Stadtplaner.«

»Es ist die dritte, die mich interessiert: Lupin.«

»Mich interessiert sie überhaupt nicht mehr«, lachte der Capitaine. »Ich habe genug davon. Ob Lupin nun Gutes oder Böses tut, letztlich finde ich ihn unerträglich, ein arroganter Schnösel. Er soll uns in Ruhe lassen!«

»Sie machen jedoch weiter ...«

»Das muss ich. Lupin dient dazu, den Stadtplaner und den Archäologen zu unterstützen, sie mit finanziellen Spritzen zu versorgen und sie zu schützen. Die beiden haben eine Existenzberechtigung, sie handeln.«

»Sie handeln in Übereinstimmung?«

»In voller Übereinstimmung, alle drei. Es gibt sogar noch einen vierten, von dem ich Ihnen noch nichts erzählt habe und dessen Aufgaben faszinierend sind ... der Pädagoge, der Ausbilder.«

»Ich habe ihn vorhin in Aktion gesehen, Capitaine Cocorico, drüben im Stadion.«

»Ach, sehr gut. Cocorico ist Chefausbilder. Dank seiner trainiere ich meine Fähigkeiten, Menschen zu lenken, indem ich Kinder lehre.«

»Ein Pädagoge also?«

»Volksschullehrer, Pausenaufsicht, die Bezeichnung sagt nichts über den Job. Sie gehorchen mir wie disziplinierte Männer, die die Notwendigkeit und Schönheit der Disziplin verstehen. Ich lehre sie staatsbürgerliche Moral, Tatkraft, Sauberkeit, Stolz und bringe ihnen einige Grundbegriffe des Gefühlslebens bei. Diese ganze kleine Welt, die Sie heute kurz beobachten konnten, entwickelt sich, Monsieur. Über die Kinder führe ich bestimmte Prinzipien in die Familien ein; ich versuche die Norm zu heben, um Trunkenheit und Faulheit zu bekämpfen. Zurzeit bin ich dabei, eine Schule für Erwachsene zu gründen sowie eine Schule für Frauen; später kommen noch verschiedene Ausbildungszweige hinzu.«

Fourvier unterbrach ihn: »Aber das ist doch Aufgabe des Staates.«

»Der Staat tut nichts. Ich handle und setze Dinge um. Diese wütenden Kinder sind froh, unter meinem Einfluss zu stehen.«

»Die Zukunft bringt also viel Lupin.«

»Diese Kinder wissen nicht, wer ich wirklich bin. Was sie an mir schätzen, ist, dass ich an ihre edelsten Fähigkeiten appelliere. Sie sind instinktiv begeistert von Ordnung, Disziplin und Bewegung, sie mögen es, ihre Muskeln und ihre Willenskraft einzusetzen, ihre Energie und ihren Mut auf die Probe zu stellen. In ihren Augen stehe ich für all das. Hinzu gesellt sich die Freude, Teil eines Geheimbundes zu sein und für vertrauensvolle Missionen ausgewählt zu werden. Denken Sie nur daran, wie stolz die etwa Dutzend Kinder waren, die mir gestern Abend, nachdem ich das Meucheltrio betäubt hatte, geholfen haben, sie zu fesseln und bis zur Kasematte zu schleppen. Um elf Uhr abends alarmierte ich die ›Abteilung Furchtlos‹. Um Mitternacht waren sie alle da. Sie waren es auch, die La Cloche gefesselt haben. Sie sind die Hände, die im Verborgenen arbeiten, die meine Pläne mit Eifer, Akribie und Ausdauer ausführen.«

»Und was hat es mit den ›Skalpjägern‹ auf sich, auf die dieses Schild hinweist?«, fragte Fourvier und deutete auf eines der Schilder.

»Sobald ein junges Mädchen aus der Zône Opfer irgendeiner Niedertracht oder Brutalität wird, erfahre ich von meinen Kindern sofort, wer der Schuldige ist. Drei Tage später ist abgerechnet. Die ›Skalpjäger‹ dringen nachts in das Schlafzimmer des Täters ein, rasieren ihm Haare, Augenbrauen und Bart – falls er einen hat –, sodass dieser lächerliche Mann zum Objekt allen Spotts und des Misstrauens der ganzen Gegend wird; er wagt es nicht mehr, sich zu zeigen. Nach zwei Monaten erfolgt ein weiterer Besuch. Und das geht so lange weiter, bis wir sicher sind, dass von ihm keine Gefahr mehr ausgeht. Und es ist ziemlich amüsant für Kinder, sich auf diese Weise als Vertreter der Moral zu geben. Ich versichere Ihnen, das Gewissen meiner Kinder ist von höchster Qualität. Es gab nie Verrat zwischen ihnen. Lupin'sche Samenkörner, sagen Sie. Nein, starke Männer und Frauen.«

»Stark wie Sie, Capitaine.«

»Ja, aber besser, reiner. Ich muss Lupin bleiben und Geld-mittel für all diese Unternehmungen auftreiben. Lupin, der Be-schaffer, Lupin, der Kreditgeber, Lupin ... Wenn ich nicht stehle, bricht alles zusammen. Dann heißt es: Adieu Wohltäter!«

»Und adieu Liebesleben, adieu liebender Lupin«, ergänzte Fourvier lächelnd.

»Ja«, rief er, »und das ist die große Antriebsfeder, die den Mechanismus in Bewegung setzt, der Nährboden, der der Figur ein Ideal gibt, ihm eine Mystik verleiht ... Wie ich sehe, kennen Sie meine Gewohnheiten.«

Fourvier nickte: »Zwischen Gennevilliers und Pantin müss-ten Sie Ihre Ruhe haben. In dieser trostlosen Gegend gibt es keine Versuchung.«

»Das war einer der Gründe, warum ich hergekommen bin«, sagte Savery leicht wehmütig. »Ich habe ein Leben voller Entsa-gungen angestrebt, und das hat mich in diese Gegend gebracht. Aber „,«

»Aber ...?«

»Das Schicksal hat anders entschieden. Während eines ge-schäftlichen Aufenthalts in England lernte ich eine junge Fran-zösin kennen, eine große, blonde, bezaubernde Frau, eine wahre Lichtgestalt. Ich ließ mich ihr vorstellen. Sie gehört zu jenen Menschen, denen man sein Leben zu Füßen legt. Aber das darf ich nicht tun. Ich bin nicht mehr jung, ich muss meinen Namen und meine Identität verbergen. Aber ich bin mit ihr nach Paris gekommen, wo ich in ihrem Schatten stehe und auf diese Weise ihre Feinde beobachte. Ich will dafür sorgen, dass sie glücklich ist, ich will sie beschützen. So erfuhr ich, dass die letzte Nacht aus London eingeflogenen und gestohlenen Millionen für sie bestimmt waren; eine Mitgift, ihrer durchaus würdig. Ich habe sie gefunden, und sie werden ihr bald ausgehändigt werden.«

In diesem Moment läutete eine Glocke, und er sagte: »Die Glocke aus der Ziegelei. Joséphin erinnert mich daran, dass in zehn Minuten die Schwimm- und Tauchstunde für meine Mannschaften beginnt. So muss ich mich nun von Ihnen verabschieden, Monsieur.«

Die beiden Männer gaben sich die Hand. Fourvier stellte fest: »Capitaine, Sie haben den Brief vergessen, der an sie adressiert ist. Ich für meinen Teil bin ziemlich neugierig.«

»Ich habe darüber nachgedacht«, sagte Savery, der den Brief bereits in der Hand hielt und öffnete.

Er warf einen kurzen Blick darauf, machte eine wütende Geste und steckte den zerknitterten Umschlag zurück in die Hosentasche.

»Donnerlittchen!«, knurrte er.

»Gibt es ein Problem?«

»Lesen Sie selbst.«

Ziemlich beunruhigt las Fourvier halblaut vor:

Capitaine,

sicherlich kennen Sie den Bootsanleger Nr. 34. Heute Mittag treffen wir uns dort. Sie werden uns die Säcke zurückgeben, die Sie uns letzte Nacht gestohlen haben. Ansonsten ist die schöne Demoiselle, die sich im Château des Tilleuls aufhält, den schlimmsten Schandtaten ausgesetzt. Sie werden zweifellos zustimmen, dass die Ehre der Tochter eines britischen Lords, ehemaliger Vizekönig von Indien, dieses Lösegeld wert ist ...

Ermittlungsrichter Fourvier hatte seine Lektüre noch nicht beendet, als Savery an seinem Arm rüttelte: »Fahren Sie schnell zum Château des Tilleuls und warnen Sie Mademoiselle Cora und Earl Hairfall, bei dem sie zu Gast ist. Sie soll sich in ihrem Zimmer einschließen. Alle Diener sollen Wache halten und lassen Sie niemanden ins Schloss. Es gibt Wachhunde.«

»Sie glauben diesen Unsinn also?«

»Ja, das tue ich! Das sind Leute, die sich wochenlang die Mühe gemacht haben, mich auszuspionieren, die es geschafft haben, herauszufinden, dass das Gold in den Säcken letzte Nacht gestohlen wurde und dass ich es zurückgestohlen habe. Sie verlangen, dass ich das zurückgebe, was sie als ihr Eigentum betrachten – und Sie denken, dass sie nicht den besten Weg gewählt haben, mich zum Aufgeben zu zwingen? Die Gefahr ist riesengroß. Ich spüre die Kühnheit dieser Leute, ihre unerschöpflichen Ressourcen. Sie werden vor nichts Halt machen.«

»Capitaine, ich erneuere mein Angebot zur Zusammenarbeit«, unterbrach ihn Fourvier. »Etwa ein Dutzend Polizisten werden zum Bootsanleger kommen. Ihre Feinde werden dezent geschnappt, und die Sache ist erledigt, Mademoiselle Cora außer Reichweite, die Säcke ihrem rechtmäßigen Besitzer zurückgegeben und die Banditen abgeführt.«

Savery ging mit einem besorgten Gesichtsausdruck auf und ab. Seine Wut wollte sich nicht legen. Schließlich stampfte er mit dem Fuß auf und rief aus: »Nein, nein, nein! Das würde nicht aufgehen. Die Anwesenheit der Polizei würde den Feind zur Vorsicht mahnen. Die Bedrohung würde nur ausgesetzt, und die Banditen blieben unerreichbar. Niemand wird zum Treffen kommen, glauben Sie mir! Sie warten nur auf das Lösegeld ...«

»Wenn dem so ist, Capitaine, wie lautet denn Ihr Plan?«

Lupin steckte die Hände in die Hosentaschen: »Ich habe

keinen und will bis kurz vorher auch keinen haben. Ich bitte Sie, Monsieur, mich nicht durch Interventionen zu behindern, die alles gefährden könnten.«

»Aber trotzdem«, beharrte Fourvier. »Die Hilfe der Polizei auszuschlagen ...«

»Keinerlei Hilfe.«

»Aber Mademoiselle Cora ...«

»Mademoiselle Cora ... Ihre Mitgift ist nicht greifbar ... Man muss nur gegen Mittag gut aufpassen, denn da muss die Falle bereits gelegt sein. Sie treffen mich am Ufer der Seine, jetzt gehe ich zu meinen Kindern. Zumal ich Joséphin detaillierte Anweisungen geben muss.«

»Befürchten Sie wirklich ...?«

»Diesen Wanzen traue ich alles zu! Aber warum sind sie hinter mir her? Was wollen sie von mir? Ich gestehe, ich tappe im Dunkeln. Ich spüre, dass sie etwas Großes planen und dass sie meine Gegenaktion fürchten – was planen sie? Welche Kraft treibt sie an? Ich werde es schon noch herausfinden ...«

Ermittlungsrichter Fourvier machte sich auf den Weg zum Château des Tilleuls, während Savery langsam das riesige Stadion durchquerte, um zum Seineufer zu gelangen. Entlang des Flusses befand sich ein Hafendamm. Ein sanfter Hang führte hinauf; oben war ein großes Sprungbrett angebracht und links daneben befand sich das erhöhte Deck des Capitaine. André de Savery setzte sich neben Joséphin, der ein Schneckenhorn an den Mund hob. Heisere Rufe fegten über die Halbinsel hinweg, rauschten ins Tal, stießen an die gegenüberliegenden Hügel und kamen als Echo zurück.

Die Kinder kamen aus allen Teilen der Zône angeflitzt. Sie überquerten das Stadion, kletterten den steinernen Hang der Mole hinauf, entledigten sich ihrer Kleider, liefen zum Sprungbrett und machten einen Kopfsprung. Dabei riefen sie: »Hurra auf den Capitaine!«

Wie Bojen bewegten sich ihre Köpfe auf dem Wasser. Dann klappten sie die Arme auf und öffneten sie zum Schwimmen; und das Wettschwimmen begann, feurig und rabiat.

Fourvier war wiedergekommen, um Savery von seiner Mission zu berichten: Er hatte Earl Hairfall informiert, dieser würde Wache halten, und er hatte Mademoiselle Cora warnen lassen.

»Gut«, sagte Savery. »Danke.«

Fourvier betrachtete das Spektakel: »Sie lieben sie, Ihre Kinder«, murmelte er.

»Ich liebe sie sogar sehr. Sie ahnen nicht, welche Qualitäten ich in diesen noch nicht beschädigten Wesen entdecke.«

Im gleichen Rhythmus zischten die schlanken Körper wie Speere aus dem Wasser und sanken wieder in die Tiefe der Wellen. Beim Wettschwimmen gaben sie alles, vor den Augen dieses großen Chefs, der sie beobachtete, bewertete und lobte.

»Kennen Sie sie alle?«

»Alle, mit ihren Vor- und Nachnamen. Bravo, Jean Chabas«, rief er. »Sehr gut, kleiner Paul. Komm schon, Carin, sei stark! Vivarois, dieser Kopfsprung war nicht besonders geglückt. Faucron, streng dich an! Ah, bravo Marie-Thérèse, du übertriffst die Jungs. Streck dich beim Kraulen etwas mehr aus. Ja, sehr gut! Du überholst sie. Eine Siegerin, diese Marie-Thérèse«, sagte er zu Fourvier. »Sehen Sie sich diese Spannung und Entspannung an. Eine Olympionikin!«

Plötzlich wurde er ganz blass, ergriff den Arm seines Begleiters und murmelte: »Cora ... Cora de Lerne ...«

Sie erklomm tatsächlich den Hang. Mit einer Geste ließ sie den bunten Wollmatel von ihren Schultern fallen, die wie gemeißelt aussahen, enthüllte lange, schlanke, edle Beine und einen Oberkörper, der sich weiß vom schwarzen Badeanzug abhob, und sprang.

»Kopf nach vorn«, befahl der Capitaine, sichtlich schockiert.

Zu spät! Ihr Schwung hatte sie hoch in die Luft geschleudert, und sie fiel gerade nach unten, die Hände am Körper.

Sobald sie aufgetaucht war, schwamm sie in Richtung Ufer, stieg die Eisenleiter hoch und kam zu André de Savery: »Entschuldigen Sie, Capitaine.«

Er hielt sie mit einer gebieterischen Geste an und sagte: »Haben Sie Hairfall gesehen?«

»Ja.«

»Hat er Ihnen von dem Brief erzählt?«

»Ja.«

»Die Bedrohung ist ernst. Wissen Sie, woher sie kommt?«

»Ich glaube schon. Von Prinz Edmond von Oxfords Sekretär, ein Heuchler, ein Verräter. Ich traue ihm nicht.«

»Sie sind sehr unvorsichtig! Sie hätten das Schloss nicht verlassen dürfen.«

»Ich habe keine Angst, denn Sie sind ja da.«

»Ja. Wie groß die Gefahr auch sein mag, wie unmöglich Ihnen mein Versprechen auch erscheinen mag, seien Sie unbesorgt.«

»Das bin ich.«

»Kein Zittern? Keine Unruhe?«

»Absolute Gelassenheit.«

Lupin sah die junge Frau an. Sie lächelte, blendend schön, wunderschön ... fast, ohne sich zu verstecken, und so unschuldig! Er sagte: »Gehen Sie, Cora, und verlieren Sie nie das Vertrauen in mich.«

Sie ging zurück zum Wasser und sprang diesmal noch perfekter und anmutiger als alle anderen.

»Das schöne Geschöpf«, murmelte Fourvier.

»Joséphin!«, rief der Capitaine.

Joséphin kam näher.

»Was ist das für ein Boot, das da am anderen Ufer losfährt?«

»Ein Motorboot, Chef, seit einiger Zeit macht es ab und zu dort fest ... Heute Morgen hat es manövriert.«

»Der Besitzer?«

»Keine Ahnung.«

»Das solltest du wissen.«

»Ich werde es in einer Stunde wissen.«

»Was ist, wenn es dann zu spät ist?«

Das Boot beschleunigte. Es fuhr direkt auf die Mitte der Seine zu, wo sich dreihundert Köpfe aus dem Wasser hoben.

»Vier Mann an Bord«, bemerkte Savery. Und dann stammelte er mit erstickter Stimme: »Ihr Ziel ist offensichtlich.«

Cora de Lerne tauchte über all den Köpfen auf, ihr Oberkörper ragte fast ganz aus dem Wasser, einer Meerjungfrau gleich glänzte ihr blondes Haar in der Sonne wie ein goldener Helm.

»Ich werde ins Wasser springen, Chef«, schlug Joséphin vor.

»Zu spät! Wir sind im Rückstand.«

»Sie? Niemals, Chef.«

Savery rief mit donnernder Stimme: »Aufgepasst, Kinder! Das Boot!«

In einer Sekunde reagierten alle. Alle Arme wurden in einer verzweifelten Anstrengung in Richtung der Angreifer ausgestreckt. Es schien, als ob alle Kinder die Gefahr verstanden und die schöne Najade umzingeln wollten, um sie zu verteidigen, wobei sie riskierten, selbst umgefahren zu werden ... Aber Cora war ihnen zuvorgekommen und schwamm kühn an dem Kreis vorbei, der sie umschließen wollte.

Der Capitaine zog seinen Männerrock aus und sprang.

Joséphin stieß einen Schreckensschrei aus. Das Boot war in

eine Gruppe von Kindern gerast. Kurz danach brach er in Gelächter aus. Die Kinder, die abgetaucht waren, kamen wieder
hoch.

Es gab Geschrei, Verwünschungen, ein ganzer Tumult erhob sich in Richtung der Angreifer; sie hatten anhalten müssen
und manövrierten nun auf der Stelle. Auch Cora de Lerne war
abgetaucht; als sie wieder an die Wasseroberfläche kam, war
sie weit entfernt von den Widersachern, die sie anschrien und
beschimpften, während sie gleichzeitig versuchten, sich ihr zu
nähern.

So hatte der Capitaine Zeit, um zum Boot zu schwimmen.
Er versuchte, es umzukippen, und tauchte dann plötzlich ab.

Einer der Gegner, dessen grimmiger und unerbittlicher Gesichtsausdruck ihm sofort aufgefallen war, hielt eine Waffe in
der Hand. Es fielen drei Schuss, Wasser sprudelte neben dem
Schwimmer auf. Nun feuerte die ganze Mannschaft, als ginge
die Gefahr ausschließlich von diesem Angreifer aus. Savery hielt
es für ratsam, sich vom Boot fernzuhalten. Dann sah er, wie es
sich Cora näherte und geschickt an ihr vorbeifuhr. Der Mann
mit dem barbarischen Gesichtsausdruck, den zwei Komplizen
am Gürtel festhielten, beugte sich über das Wasser, packte
Cora mit einem Griff wie eine Beute und hob sie aufs Boot.

Savery schrie vor Wut.

Cora de Lernes nackte Beine und Arme waren berührt worden.

Dann sah er das Boot wegfahren.

Es brachte Cora fort. Was konnte er tun?

1
Rettung

André de Savery schwamm zum Ufer zurück. Joséphin lag auf dem Bauch, betrachtete das Schlachtfeld und richtete sein Fernglas auf die Boote, die die Seine hinauffuhren.

»Was ist los, Joséphin? Du siehst aus, als würdest du lachen.«

»Ich lache nicht, Chef«, antwortete der Teenager, »ich krümme mich vor Lachen.«

»Warum?«

»Haben Sie es nicht gesehen? Während des Kampfes hat sich ein Kamerad ans Steuerruder festgeklammert.«

»Ein Kamerad?«

»Eine Kameradin, genauer gesagt, Marie-Thérèse La Cloche, mein Beinahe-Zwilling. Die hat vielleicht Nerven, die Kleine! Wie will sie das schaffen? Aber nichts kann sie aufhalten. In einer Stunde wird sie zu Fuß zu uns zurückkehren und Sie werden wissen, wohin die schöne Gefangene gebracht wurde.«

»Wenn sie nicht loslässt, das arme Ding ... Bist du sicher, dass sie sich so lange festhalten kann?«

»Und wenn schon? Sie schwimmt wie ein Silberfisch. Und sie ist noch nicht einmal achtzehn! Sie würde für ihren Chef ihr Leben lassen.«

»Hast du den Mann im Boot erkannt?«

»Ich habe den erkannt, der das Kommando innehatte, ein Engländer, der sich seit einiger Zeit hier herumtreibt, ein Typ mit einem Sträflingsgesicht.«

»Name?«

»In der Zône-Bar sagten sie was von Tony Carbett. Er soll der Sekretär eines englischen Prinzen sein.«

»Des Prinzen von Oxford?«

»Ja, ich glaub schon!«

»Hör zu, Joséphin. Du musst diesen Zwischenfall vergessen, deine Aufregung im Zaum halten und nicht mehr an den Wagemut deiner Schwester denken, sondern nur noch an die Anweisungen, die ich dir jetzt gebe. Sie müssen alle genauso ausgeführt werden. Hör gut zu, es ist verdammt ernst! Mein Vorhaben wird nur gelingen, wenn absolut nichts schiefgeht, nicht einmal die kleinste Kleinigkeit.«

»Spucken Sie's schon aus, Chef.«

Die Erklärungen dauerten zwanzig Minuten. Joséphin wiederholte alle Punkte.

Dann aß der Capitaine in der Ziegelei zu Mittag; La Cloche war zu dieser Stunde nicht da. Anstürmende Kinder unterbrachen ihn. Die kleine La-Cloche-Kinderschar stützte ihre Schwester Marie-Thérèse; sie war ganz blass und zitterte. Das Ruder hatte sie am Kopf getroffen, woraufhin sie losgelassen hatte. Obwohl sie benommen war, schaffte sie es, zurück zum Ufer zu schwimmen und nach Hause zu laufen.

»Hast du mir nichts zu berichten, Marie-Thérèse?«, fragte der Capitaine.

»Nein, nichts ... Ich habe losgelassen, während wir an der Insel vorbeifuhren, auf der anderen Seite.«

Er gab ihr einen zärtlichen Kuss auf die Wange. »Das macht nichts, meine Kleine. Nicht weinen, du bist ein klasse Mädchen.«

»Ist aber ein mieser Start ...«, brummte ihr Bruder.

André de Savery belehrte ihn: »Joséphin! Stand mein Plan schon fest, als du mir von Marie-Thérèses Aktion erzählt hast, oder etwa nicht?«

»Ja, das tat er.«

»Das tat er, weil ich eine Möglichkeit gesehen habe, mich ganz allein aus dem Schlamassel zu befreien. Welches Recht hast du also, zu zweifeln?«

Joséphin senkte verlegen den Kopf.

»Viertel vor zwölf«, bemerkte Savery. »Ich eile zum Bootsanleger 34. Trödel nicht, Joséphin.«

Der Bootsanleger 34 befindet sich an der Spitze der Halbinsel Gennevilliers. Dort endet die Hauptstraße. Gegenüber liegt die Rundung der Teufelsinsel, deren hohe Bäume einen grünen Schirm bilden. Das Ufer und die Insel sind durch einen Arm der Seine getrennt, der kaum mehr als fünfzehn Meter breit ist. Das Laub ist so dicht, dass man nichts von der anderen Seite erkennen kann; auch der Bootsanleger 42, der das andere Flussufer bedient, ist nicht zu sehen.

Ermittlungsrichter Fourvier hielt es für angebracht, ebenfalls aufzukreuzen. Er wurde von einem Polizeikommissar und etwa fünfzig Beamten begleitet, die sich flussabwärts, hinter dem Bootsanleger 34, aufstellten.

»Ich habe mit Ihrer Anwesenheit und der Ihrer Männer gerechnet, Herr Ermittlungsrichter. Und habe Vorkehrungen getroffen«, verkündete der Capitaine.

»Ich sehe mich verpflichtet, die Säcke zu beschlagnahmen und abzutransportieren«, sagte Fourvier.

Savery erwiderte: »Und ich sehe mich verpflichtet, mich dem zu widersetzen!«

Ohne weiter darauf zu beharren, ging André de Savery in Richtung des von Bäumen verdeckten Stadions.

Eine Kirchenuhr schlug. Eine laute, durch einen Lautsprecher verstärkte Stimme sagte: »Mittag.«

Fünf Minuten vergingen, dann zehn. Auf der Straße, die vom Stadion wegführte, tauchten drei Gestalten auf: das Meucheltrio. Es war beladen.

Double-Turc ging an der Spitze, den anderen bald zwanzig Schritte voraus. Sein Gang war wahrlich der eines kolossalen Holzfällers. Er war stark gebeugt unter der Last eines riesigen Sacks, und es schien, als ob seine verdrehten und verrenkten Beine gleich brechen würden. Sein rüdes Gesicht und der graue, zottelige Bart, hart wie die Stacheln eines Stachelschweins, verliehen ihm einen abgestumpften Ausdruck. Seine Arme schwankten fast bis zum Boden, und er sah aus, als ob er gleich zusammenbrechen würde.

Als er sich aber der Gruppe näherte, änderte sich sein Erscheinungsbild, er richtete sich zu seiner vollen Größe auf, die Last schien keine Rolle mehr zu spielen.

Fouinard und Pousse-Café trugen den zweiten Sack mit verzerrten Gesichtern.

Auf ein Zeichen Fourviers hin befahl der Kommissar seinen Männern: »Nehmen Sie diese drei Banditen fest. Vorwärts!«

Die Beamten blieben stehen.

Der Kommissar wiederholte seine Anweisung, gebieterischer. Keiner bewegte sich von der Stelle, obwohl alle Anstrengungen machten. Es war, als wären sie zu Bäumen geworden und festgewachsen, oder, noch besser, als wären sie lächerliche Gliederpuppen.

»Sie sind gefesselt«, murmelte der Ermittlungsrichter. »Stellen Sie sich vor, einem jeden sind die Beine mit Schnüren gefesselt.«

Und er erinnerte sich, dass ihm eine Viertelstunde zuvor ein Kinderschwarm aufgefallen war, der zwischen den Polizisten hin und her huschte.

»Lupins Bengel!«, fluchte er verwirrt. »Was für ein starrköpfiger Schlingel!«

Die Männer schnitten die Schnüre durch, und der Kommissar spannte den Hahn seines Revolvers.

»Nicht schießen, beim Teutates!«, rief Joséphin und packte ihn am Arm. »Das ist die Verteidigungstaktik des Capitaine.«

Es war sowieso zu spät. Von der Teufelsinsel schoss plötzlich eine als Buche getarnte Brücke hervor und reichte bis zum Bootsanleger. Das Trio überquerte sie spöttelnd.

»Es lebe der Capitaine!«, rief Double-Turc in einer athletischen Pose.

Die Brücke wurde wieder angehoben. Eine Minute später war das Surren eines Motorbootes zu hören. Die Täter wollten fliehen.

»Unmöglich, ihnen hinterherzukommen«, stellte Joséphin fest, »auf dieser Seite gibt es keine Brücke. Um die Seine zu überqueren, müssten wir zur Teufelsinsel zurückkehren.«

Genau so war es, deshalb agierte das Trio auch so sorglos.

Das Boot raste an der Teufelsinsel vorbei. Dreihundert Meter weiter bog es nach rechts ab und fuhr in einen kleinen Hafen ein, der bei einer Zugbrücke endete; hinter der Zugbrücke stand zwischen Ruinen und Efeuranken eine von einem Bergfried flankierte Burg.

Während der Bootsfahrt erklärte Fouinard laut die Route, und Pousse-Café machte Angaben zur Entfernung bis zum Hafendamm. Warum bloß? Es schien, als würden sie einer unsichtbaren Person Informationen geben …

Am Fuß des Bergfrieds blieben sie vor einer niedrigen Tür stehen.

»Nehmen Sie den Lastenaufzug«, riet die Wache. »Ihre Fracht scheint ziemlich schwer zu sein …«

»Meinst du, ja?«, scherzte Double-Turc und ging zur Treppe. Fröhlich-munter stieg er die Stufen hinauf.

Im zweiten Stock wartete ein Mann mit einem kruden Gesicht; es war derjenige, der laut Joséphin Carbett hieß.

»Die Säcke, nicht wahr?«, sagte er und strahlte gierig.

»Genau.«

»Stellen Sie alles dort in der Ecke ab, und sehen Sie zu, dass Sie wegkommen.«

»Wohin denn?«, fragte Fouinard.

»Runter, zum Eingang des Bergfrieds. Du bleibst hier, Double-Turc. Das sollte im Falle eines unerwarteten Angriffs genügen.«

Carbett verriegelte die Tür von innen. Sie befanden sich in einem großen Raum, der mit einem Tisch und zwei kleinen Schemeln ausgestattet war und der in einer in Stein gehauenen Nische endete. Darin stand ein Bett und auf diesem Bett lag Cora de Lerne, ihr Oberkörper in einen Morgenmantel gehüllt, die Beine und Arme an Eisenstangen festgebunden.

»Double-Turc, schau aus dem Fenster und beobachte die Lage«, befahl Carbett.

Er näherte sich dem Bett. Coras Augen waren geschlossen – aber schlief sie? Er strich mit einem Finger über ihre nackte Schulter. Sie zuckte zusammen: »Ich verbiete es Ihnen, mich anzufassen, Sie Scheusal.«

Er sagte: »Ich wollte Ihnen lediglich eine gute Nachricht überbringen. Das Lösegeld ist eingetroffen.«

»Dann bin ich also frei?«

»Sie sind frei.«

Sie versuchte aufzustehen. Er hielt sie fest und sagte: »Frei, sich einer kleinen Formalität zu unterwerfen.« Er beugte sich über sie, um sie zu küssen.

»Sie sind verrückt! Vollkommen verrückt! Sie stellen sich also vor, dass ich auf diese Art einwilligen werde ...«

»Ich brauche Ihre Einwilligung nicht. Im Gegenteil: Ich finde großen Gefallen an Widerstand und Kampf. Und da ich der Stärkere bin, mache ich mir überhaupt keine Sorgen, wie dieser Kampf ausgeht. Ich werde doch nicht die Gelegenheit auslassen, die sich vielleicht erst in vielen Jahren wieder bietet.«

»Lieber würde ich sterben.«

»Das würde keinen Unterschied machen. Tot oder lebendig, Ihr hübscher Mund gehört mir.«

Der hübsche Mund entspannte sich zu einem Lächeln.

»Du fängst an, weich zu werden«, sagte er erstaunt. »Jetzt lächelst du. Ich versichere dir, dass der Kuss eines liebenden Mannes nicht unangenehm ist.«

»Er ist unangenehm für eine Frau, die nicht liebt.«

»Denk an den, den du liebst.«

»Ich liebe niemanden.«

»Doch, du liebst meinen Cousin, Edmond von Oxford.«

»Nein.«

Das Gesicht des Schurken verfinsterte sich: »Dann liebst du Capitaine de Savery. Savery zu lieben heißt, an ihn zu glauben.«

»Ich glaube an ihn.«

»Dass er dich rettet?«

»Gewiss.«

»Wie soll er denn hier reinkommen?«

»Er ist reingekommen.«

»Ist er hier?«

»Er ist hier.«

Die Rückwand des Alkovens war dunkelrot und fing die Reflexion eines Sonnenlichtflecks ein, der sich im Glas eines benachbarten Fensters spiegelte. Diese Stelle fing an, sich teilweise zu verdecken. Wer war es, der sich dem Licht in den Weg stellte? Carbett gluckste: »Es ist Double-Turc.«

»Nein«, sagte sie und schüttelte den Kopf.

»Du siehst deinen Retter?«

»Ja.«

»Das ist eine Warnung, die ich beherzigen werde.« Er rief: »Double-Turc, kümmere dich um den Capitaine, falls er da ist!«

Und dann packte er das Mädchen am Hals. Der Kampf war heftig, unerbittlich. Der Mann kämpfte mit der Geschicklichkeit eines Boxers. Er zog ihr den Morgenmantel herunter und entriss ihr das Laken und die Decken, an die sie sich panisch geklammert hatte, während sie ihn beschimpfte: »Sie elender Schuft ... Sie Verräter ... Ich werde es Prinz Edmond sagen!«

»Meinem Cousin? Er ist vollkommen blind. Ich kann mit ihm machen, was ich will. Wenn ich ihm sage, dass ich versucht habe, dich vor einem Angreifer zu beschützen, wird er mir glauben.«

Plötzlich brach Double-Turc zusammen und fast augenblicklich packte eine Hand den Engländer am Nacken.

Mit einem heftigen Ruck entzog er sich dem Klammergriff und zückte einen Revolver, aber auch Carbett fiel zu Boden, getroffen von einem Kinnhaken.

»Sind Sie verletzt?«, fragte Savery, während Cora sich aufzurichten versuchte.

»Nein.«

»Nur ein wenig verängstigt?«

»Nicht einmal das. Ich war sicher, dass Sie rechtzeitig eingreifen würden. Wie sind Sie reingekommen?«

»Auf den Schultern von Double-Turc, in einem der Säcke.«

Sie sahen sich lange und mit einer unendlichen Sanftmut an.

Sie streckte ihm beide Hände entgegen, und da er spürte, dass sie ihn zu sich zog, beugte er sich vor und küsste ihre Lippen; es war ein Kuss, der sie ganz sanft wieder aufs Kissen fallen ließ: »Gehen Sie schon, lieber Freund.«

Double-Turc erwachte aus seiner Ohnmacht. Savery half ihm auf die Beine und sagte: »Hör zu. Du und deine Kameraden, ihr bringt die Säcke ihrem eigentlichen Besitzer zurück, dem Earl Hairfall, ins Château des Tilleuls. Ich werde eure Belohnung selbst festsetzen und auszahlen, und zwar für die Mission, die ihr für Joséphin La Cloche in meinem Namen ausgeführt habt, also für den Transport der Säcke zum Bootsanleger und meine Mitnahme in einem von ihnen an diesen Ort, an dem ihr erwartet wurdet, und für diesen letzten Botengang zum Château des Tilleuls. Es ist harte Arbeit, ich weiß, deshalb werdet ihr gut entlohnt werden. Kommen Sie, Cora? Haben Sie genug Kraft?«

»Ja, die habe ich.«

Zu fünft machten sie sich auf den Weg durch die Gärten und kamen ungehindert davon.

8
Eine unmögliche Liebe

Eine Viertelstunde vom Stadion entfernt liegt das Château des Tilleuls, das Earl Hairfall kürzlich erworben hatte. Eine schlecht asphaltierte Straße führt dorthin, sie folgt der Seine und verbindet die Bootsanleger am linken Ufer. Auf diesem Weg erreichte der Capitaine das Tor, das tagsüber immer offensteht, und gelangte zu dem als Garage dienenden Pavillon im Haupthof. Hairfall überprüfte gerade die Reifen seiner vier Autos.

»Mein lieber Freund«, sagte Savery, »ich bringe dir Mademoiselle de Lerne gesund und munter zurück.«

»Und das Gold, was ist damit?«

»Hier ist es.«

Savery zeigte auf Double-Turc und seine beiden Gefolgsleute, die erschöpft und verschwitzt ankamen, und sagte: »Sie bringen es zurück. Fouinard, Sie kennen den ummauerten Garten auf dem stillgelegten Friedhof?«

»Ja, Capitaine, und auch die alte Kapelle, die über der ehemaligen St.-Bonifatius-Krypta gebaut wurde.«

»Schütten Sie den Inhalt der Säcke in diese Gruft. Hier ist der Schlüssel. Und vor allem: Es verschwindet mir unterwegs kein einziges Stück Metall, verstanden?!«

»Ich trage die Verantwortung, Capitaine. Und wir sind, auf unsere Art, ehrliche Arbeiter ...«

Und so marschierten die ehrlichen Arbeiter los, die Köpfe aufgerichtet und die Augen leuchtend vor aggressiver Ehrenhaftigkeit.

»Wie kann ich Ihnen danken, Capitaine?«, fragte Hairfall.

»Nichts zu danken. Ich habe für mich selbst gearbeitet.«

»Inwiefern? Worauf haben Sie gehofft?«, fragte der Earl trocken.

»Hoffnung ist ein Wort, das ich aus meinem Wortschatz gestrichen habe. Es hat keinen Sinn zu hoffen, wenn man gewohnt ist, sich zu nehmen, was man will.«

»Aber in dieser Angelegenheit?«

»Ich möchte, dass Cora de Lerne glücklich ist.«

»Und dieses Glück besteht worin?«

»Edmund von Oxford zu heiraten, wie Sie es beschlossen haben ... und ihre Pflichten als Königin zu erfüllen.«

»Als Königin?«

»Ja. Cora de Lerne wird Königin.«

»Warten Sie wenigstens ab, bis der Prinz meine Antwort erhält«, sagte Cora, die die letzten Worte mitgehört hatte.

Edmund von Oxford kam gerade die Außentreppe hinauf.

»Ich bin in fünf Minuten bei Ihnen«, rief ihm Cora zu. Dann packte sie Saverys Arm: »Und würden Sie mir bitte mal erklären, warum ich Königin werde? Es macht Ihnen hoffentlich nichts aus, Hairfall?« Sie zog den Capitaine in Richtung einer üppigen Lindenallee direkt an der Seine.

Es war mild und friedlich. Etwa hundert Schritte vom Schloss entfernt setzten sie sich auf eine Steinbank neben die Statue einer mit Blumen und Früchten beladenen Göttin. Durch einen breiten Torbogen aus Laub konnten sie den Fluss sehen.

»Das ist das Rondell der Pomona, mein liebster Rückzugsort, seit ich hier wohne«, sagte sie.

Die Intimität des Ortes, die Stille, in der einzig das Rauschen des Wassers über die Kiesel erklang, führte dazu, dass sie enger beieinandersaßen, leiser sprachen und sich Dinge sagten, die sie unter normalen Umständen nicht gesagt hätten.

»Wünschen Sie sich wirklich, dass ich Königin werde?«, fragte Cora.

»Wenn es Ihr Wunsch ist, so ist es auch meiner. Wundert Sie das?«

Sie errötete: »Sie haben es also vergessen?«

»Unseren Kuss? Er ist mein Lebenselixir. Wie könnte ich eine solche Erinnerung, einen so schönen Traum vergessen!«

»Ich bin überrascht, dass ein Mann wie Sie darüber hinwegsieht und nicht versucht, seinen Traum in einen festen Willen, also in Realität umzusetzen.«

»Die schönsten Träume«, sagte er, »würden oft zu Realitäten führen, die man sich nicht vorstellen darf.«

Sie flüsterte so leise, dass er sie kaum hören konnte: »Ich habe Ihnen meine Lippen gegeben.«

»In einem Moment der Verzweiflung, nach den Angstsekunden eines schrecklichen Kampfes. Das war kein Versprechen, sondern ein Dank, den Sie eines Tages bereuen werden, und vielleicht erröten Sie schon jetzt bei dem Gedanken daran.«

Sie erhob sich, ging zum Laubbogen, beugte sich über die Rosen- und Petuniensträuche, kehrte zurück, und bevor sie sich wieder hinsetzte, sagte sie mit stolzem Gesichtsausdruck und sehr ernst: »Manchmal bereue ich, etwas nicht getan zu haben, aber niemals bereue ich das, was ich getan habe. Ich habe Sie bewusst angezogen und den Kuss angenommen, denn es gibt Momente, in denen eine Frau, auch eine ehrenhafte, etwas geben muss ... auch einem Mann, den sie nicht gut kennt.«

»Ich bin kein Fremder, Cora.«

»Sie sind es nicht mehr, und ich weiß, dass in Ihnen Zartheit und Zurückhaltung schlummern.«

»Und ich weiß um Ihre Offenheit und Noblesse, weshalb der Verzicht umso schmerzhafter ist.«

Sie machte eine nervöse Geste, die ihre Verärgerung verriet.

Sie gehörte zu jenen Naturen, die dem Verzicht nicht bereitwillig zustimmen. Nach langem Schweigen kehrte sie zum Fluss zurück, und als er sich zu ihr gesellte, sagte sie: »Antworten Sie mir ganz offen. Ist es Ihre Vergangenheit, die Ihnen im Weg steht, die Ihre Träume eingrenzt?«

»Wenn man das ist, was ich bin, verbietet man sich bestimmte Glücksgefühle, die zu groß sind, bestimmte Bedingungen, die zu viel erfordern.«

Während sie ihm zuhörte, pflückte sie ein paar Rosen und Petunien. Sie befestigte sie mit einer Nadel an ihrem Revers und sagte zu ihm: »Sie raten mir also, Prinz Edmonds Angebot anzunehmen?«

»Unbedingt, ja«, antwortete er mit Nachdruck.

»Weil Sie wollen, dass ich Königin werde?«

»Ja. Es ist Ihr Schicksal, und ich würde lieber sterben, als ihm im Weg zu stehen. Im Gegenteil, ich werde mich für seine Erfüllung einsetzen. Sie wurden geboren, um Königin zu sein. Man sieht es Ihnen an.«

»Sehen Sie mich nicht an, lieber Freund. Schließen Sie die Augen.«

Er schloss die Augen und flüsterte: »Nun sehe ich Sie noch besser. Ich sehe eine Krone auf Ihrem Kopf und einen Hofmantel auf Ihrem Rücken.«

»Dann küssen Sie meine Hand, liebster Untertan.«

Er kniete nieder und küsste liebevoll die schlanken Finger, die sie ihm entgegenhielt.

Ihre Augen waren auf ihn gerichtet, und sie verblieb einige Sekunden lang traurig und schweigend, als zögere sie an der Schwelle des Weges, auf den sie sich führen ließ.

In der Ferne, am Eingang zur Avenue des Tilleuls, stand Edmond von Oxford. Sie winkte und ging eilig auf ihn zu.

Auf der Steinbank sitzend, drehte sich der Capitaine nicht ein einziges Mal zu dem jungen Paar um. Unerträgliche Minuten vergingen. Würden sie sich verloben?

Als sie auf die begrünte Straße zurückkehrte und in seine Nähe kam, stammelte er: »Cora ... Cora, trösten Sie mich.«

Nach einer Weile antwortete sie: »Ein Mann wie Sie sucht Trost nur in sich selbst.«

»Cora, trösten Sie mich.«

»Wie? Auf welche Art? Durch welche Worte?«

»Ihre Lippen.«

Sie stampfte mit dem Fuß auf: »Nein!«

»Aber Sie haben sie mir bereits gegeben.«

»Damals war ich noch nicht verlobt. Jetzt bin ich eine Verpflichtung eingegangen, der ich treu sein werde. Ich kenne meine Pflichten als Verlobte, und ich werde sie einhalten, genauso wie ich meine Pflichten als Frau einhalte. Sie haben kein Recht, sich zu beklagen, denn nur ein Wort von Ihnen hätte genügt und meine Antwort an Edmund von Oxford wäre eine andere gewesen.«

»Dann heißt es, Abschied zu nehmen.«

»Nein, es wird keinen Abschied geben. Ich kann einem Abschied und einer Trennung zwischen uns nicht zustimmen, Oxford weiß das.«

»Und er erlaubt es?«

»Wir brauchen beide Ihre Unterstützung, Ihren Schutz, Ihre Kooperation, genauso wie Sie, mein Freund, meine Unterstützung brauchen.«

»Ich?«

»Ja, Sie, Sie, der Sie nicht mehr Herr Ihres Lebens sind, Sie, auf dem eine so schwere Vergangenheit lastet, dass Sie sich nicht im Recht gesehen haben, zu sagen: ›Cora, werden Sie meine Frau.‹ Diese Vergangenheit, deren Sklave Sie sind, hindert Sie nicht daran, sich von ihr zu befreien.«

»Wie?«

Plötzlich wechselte sie das Gesprächsthema, nahm seine Hand, blickte ihm tief in die Augen und sagte zu seiner Überraschung: »Sie sind sehr reich, nicht wahr?«

»Sagenhaft.«

»Vor einiger Zeit wurde im Zusammenhang mit einigen Ihrer Geschäfte in Amerika die Zahl von zehn bis zwölf Milliarden genannt, stimmt das?«

»Es hat gestimmt. Seitdem ist die Zahl stark gewachsen.«

»Ist alles in einem Banktresor eingeschlossen?«

»Jetzt nicht mehr, jetzt ist alles vergraben, versteckt. Aber warum fragen Sie mich danach?«

»Ich denke an all die tollen und nützlichen Dinge, die Sie damit tun könnten ...«

»Sie wissen nicht, was ich mit meinem Geld mache. Kommen Sie doch morgen mit mir in die Kasematte, um fünf Uhr treffe ich dort einen Mann, und was wir besprechen werden, wird Sie interessieren, Sie werden vieles verstehen. Versprechen Sie mir, dass Sie kommen.«

»Versprochen.«

Sie trennten sich.

9
Der Feind offenbart sich

Savery blieb besorgt. Cora folgte einem anderen Mann, und der geheime Schatten dieses Mannes bildete ein Hindernis, das er nicht mehr überwinden konnte.

Er ging langsam die Avenue des Tilleuls zum Haupteingang des Parks hinauf. Dort traf er auf Joséphin, den er beglückwünschte: »Erstklassig, mein Kleiner, es hat alles sehr gut geklappt. Das hast du sehr gut eingefädelt. Und nun? Hat das Meucheltrio die Säcke in der Friedhofsgruft geleert?«

»Jawohl, Chef.«

»Sie haben unterwegs nichts entwendet?«

»Nichts.«

»Der Schlüssel zur Gruft?«

»Den habe ich, Chef.«

»Und alle drei sind gegangen?«

»Alle drei. Sie überquerten das Stadion, als gingen sie zur Kneipe.«

»Wunderbar. Aber du siehst besorgt aus, was ist los?«

»Ich brauche Ihre Hilfe, Chef. Der Kampf übersteigt meine Kräfte.«

»Erzähl.«

»La Cloche, der in der Kneipe gesessen hat, hat sie mit nach Hause gebracht, in die Ziegelei. Er war ein wenig betrunken und sofort wütend auf meine Schwester Marie-Thérèse; er hat ihr die Szene von neulich nicht verziehen. Er riss ihr die Bluse herunter und ließ sie niederknien, um sie zu schlagen; das alles vor dem Meucheltrio, das er zum Zuschauen auf die Empore geschickt hatte. Er war gerade dabei, seinen Arm zu heben, als ich reinkam. Er lachte: ›Ah, du kommst auch zuschauen, Joséphin ... Dieses Mal habe ich Vorsichtsmaßnahmen getroffen. Double-Turc und meine Freunde sind da oben, Pistolen in der Hand. Wenn du dich bewegst, schießen sie. Seid ihr bereit, Kameraden? Keine Gnade. Wir müssen diese Flitzpiepe heute noch loswerden, und dann den Capitaine, der uns unseren Coup versaut und uns um unseren Anteil an der Beute gebracht hat.‹ Und er hob wieder den Arm mit der Rute in der Hand. Die Rute traf Marie-Thérèse auf den Rücken, sie schwankte, verlor das Gleichgewicht, richtete sich aber sofort wieder auf. Ich schrie. Sie nicht. Sie hatte beide Arme vor der Brust verschränkt, damit man so wenig wie möglich von ihrem nackten Oberkörper sehen konnte; sie war ganz blass und schaute unseren Vater trotzig an, fast lachend, aber ihre Augen waren angsterfüllt. ›Kapiere einer dieses Gör‹, wütete er. ›Was für eine Dreistigkeit! Das Ebenbild seiner Mutter. Joséphin, stell dich neben sie. Ein Rutenschlag soll zwei Rücken treffen. Na los, mach schon. Das ist meine Rache. Du willst nicht? He, ihr da oben, na macht schon, schießt! Schießt, Herrschaftszeiten! Er muss heute noch verschwinden, und Lupin auch. Sonst werden wir keine Ruhe haben. Schießt! Eins, zwei, drei!‹ Es fielen zwei Schüsse. Die Kugeln prallten links und rechts von meinem Kopf gegen die Wand. Da bin ich weggerannt, Chef. Ich war nicht stark genug, weder um mich zu verteidigen noch meine Schwester.«

Der Capitaine sprang auf und befahl: »Laufschritt – marsch!«

Sie nahmen die Beine in die Hand. Und während sie rannten, sah er, dass Joséphin weinte.

»Ich bin ein Feigling, ich bin weggelaufen.«

»Und das war richtig, Joséphin. Warum hättest du dich niedermetzeln lassen sollen? In deinem Alter halten die Nerven noch nicht so viel aus. Du bist noch zu jung, um Kanaillen dieses Kalibers allein die Stirn bieten zu können.«

»Was hätte ich tun können, Chef? Ich hatte keine Waffe.«

»Ich habe auch keine, und dennoch beeile ich mich. Die Hauptwaffe, die alle anderen aufwiegt, ist die Selbstbeherrschung, eine gnadenlose Selbstbeherrschung, die man wie eine perfekt passende Rüstung anlegt und die den Gegner beeindruckt … Er würde gerne angreifen, hat aber Angst vor dem Gegenschlag. Im Vorhinein erscheint ihm der Gegenschlag dem Angriff überlegen. Woher wird er kommen? Wie wird er aussehen? … Es braucht ein Vierteljahrhundert, um ein gestähltes Nervensystem vorzubereiten. Und das ist die große Dummheit an der französischen Erziehung: Wir kultivieren unsere Sensibilität, dabei sollten wir die Seele eines alten, hartgesottenen Mannes schmieden, kalt wie Stahl und höchst präzise analysierend, wie mit einem Seziermesser.«

Sie kamen an der Ziegelei an.

»Folge mir wie mein Schatten. Man darf dich nicht sehen, sonst dreschen sie auf dich ein, wie es beim Tennis dem schwächeren der beiden Gegner passiert.«

Er hob einen großen Stein auf und klopfte dreimal an die Tür: »Aufmachen, im Namen des Gesetzes!«

Die Geräusche im Inneren des Hauses verstummten. Dann flüsterte La Cloche: »Was ist das?«

»Der Polizeikommissar und seine Männer. Aufmachen!«

Lupin drückte die Türklinke. Es war nicht abgeschlossen. Kein Riegel vorgeschoben. Er trat ein und rief: »Ich bin es! Capitaine Cocorico!«

»Und die Männer?«

»Ich bin allein«, sagte er, »das reicht.«

»Schießt! Schießt!«, stammelte eine erstickte Stimme.

In wenigen Sprüngen erklomm André de Savery die Innentreppe und sagte mit ausgestrecktem Zeigefinger: »Wenn sich einer von euch drei bewegt, Pech für ihn.«

Das Schnappen einer gespannten Pistole. Der Capitaine stürzte sich auf Double-Turc, dieser schrie vor Schmerz und fiel um Gnade bettelnd auf die Knie, wobei sein rechtes Handgelenk wie ein Fetzen runterhing.

»Der Bastard!«, stammelte der Halunke, »er sticht mich mit Eisenspitzen.«

»Nicht Eisen«, korrigierte der Capitaine, »Nadeln. Kennst du das Stahlarmband nicht? Ja, kennst du denn gar nichts? Und Schläge? Kennst du die? Hier kommen zwei: Bäm! Bäm! In die Fressen deiner Kameraden, die rückwärts in ihre Stühle taumeln.«

»Und jetzt schießt auf mich, meine Lämmer«, höhnte Savery, während er seelenruhig die Treppe hinunterstieg.

Sie hüteten sich, es zu tun. Unten stellte sich La Cloche vor ihn, den Revolver im Anschlag. Ein geschickter Tritt gegen das Handgelenk ließ die Waffe wegspringen.

La Cloche umklammerte Saverys Arm, doch schon war er überwältigt, ohne weiteren Widerstand leisten zu können. Er bettelte: »Wie soll ich denn weiterleben, Capitaine? Sie haben mir so viel Leid zugefügt ...«

»Ich?«

»Verflucht noch mal! Von den sieben Kindern müssen zwei Ihnen gehören: Joséphin und Marie-Thérèse. Glauben Sie, ich wüsste das nicht?«

»Das könnte sein, sicher ist es aber nicht! Und dann hast du ja noch fünf weitere.«

»Ich liebe nur diese beiden; und ich hasse sie auch.«

»Was willst du für sie haben?«

»Ich verkaufe sie nicht. Zahlen Sie mir Unterhalt, für beide.«

»Du bist ja ein ganz Schlauer! Unterhalt und das Recht, sie zu schlagen?«

»Ja, natürlich.«

Savery wandte sich an die beiden Kinder: »Joséphin, Marie-Thérèse, packt eure Koffer und folgt mir.«

»Das gibt's ja nicht! Sie nehmen uns beide mit?«

»Beim Teutates, ja, ich werde euch nicht diesem Grobian überlassen.«

Die beiden liefen unter Freudenrufen davon.

»Und nun zu dir, La Cloche! Ich übernehme sie gegen eine Auszahlung von fünfhundert Francs monatlich, und du unterschreibst immer brav die Quittung.«

»Fünfhundert? Passt. Aber ... es bricht mir das Herz. Ich mag sie gern.«

»Mit einem gut gefüllten Geldbeutel vergisst man schnell, was, alter Schluckspecht?«

Die Kinder kamen mit Paketen beladen zurück.

»Bekomme ich keinen Kuss?«, jammerte La Cloche.

»Ja, von ganzem Herzen.« Marie-Thérèse warf sich zuerst um Saverys Hals. »Sie werden also mein Papa sein, Capitaine, mein richtiger Papa? Dafür liebe ich Sie so sehr! Aber ... werde ich denn sagen dürfen, dass Sie mein Papa sind?«

»Niemals! Erstens bin ich mir darüber nicht sicher, und zweitens würdest du La Cloche lächerlich machen. Du wirst sagen, dass du meine Haushälterin bist, meine Schreibkraft ...«

»Ich weiß ja gar nicht, wie man das alles macht ...«

»Du wirst es lernen. Nun beginnt das Arbeitsleben ...«

Als sie draußen waren, kündigte Savery an: »Joséphin, du wirst wie ich in einer Hängematte schlafen. Und für dich, Marie-Thérèse, werden wir in der Kasematte einen weiteren Boden einziehen.«

»Was hab ich nur für ein Mordsglück, Chef! La Cloche wird mich nicht kriegen.«

»Hast du immer noch Angst vor ihm?«

»Er hat mich immer geschlagen, weil ich nicht geküsst werden wollte.«

»Armes Kind ... Auf jeden Fall werden wir in dieser Nacht alle im Château des Tilleuls schlafen. Ich bin zur Verlobung von Cora de Lerne mit dem Prinzen von Oxford eingeladen. Wir werden dort schon eine Scheune mit einem Heuhaufen für uns beide und ein Bett für Marie-Thérèse finden.«

»Das ist aber eine komische Verlobung«, grummelte Joséphin. »Sind Sie denn damit einverstanden, Chef?«

»Ich habe sie eingefädelt. Du gehst los und holst mir meinen Anzug, eine weiße Weste, eine weiße Krawatte und polierte Schuhe. Du findest das alles in meinem Koffer.«

Die Kinder hüpften um ihn herum und kläfften wie junge Hunde. Von Zeit zu Zeit hielt er an, um sie zu beruhigen und ihnen Anweisungen zu geben: »Und ihr seid beide in Alarmbereitschaft, haben wir uns verstanden? Ich gehe davon aus, dass die Bedrohung noch da ist. Ihr seid auf der Hut, ja? Ich werde mich ein bisschen unters Volk mischen, mit Beschützern wie euch fühle ich mich sicher.«

Das Château des Tilleuls war ein langgestrecktes Gebäude aus der Zeit Louis-Philippes; über die Jahre wurde es immer wieder um Zimmer und Nebengebäude, Türmchen, Terrassen und Gemeinschaftsräume erweitert und war von einem Ende bis zum anderen mit einem heiteren weißen Putz verputzt worden, der ihm eine gewisse Einheitlichkeit verlieh.

Ein separater Flügel diente als Wohnhaus für den Prinzen, sein Gefolge und seinen Sekretär Tony Carbett. Im Anschluss kam der Hauptteil des Hauses, in dem sich die Salons und das Esszimmer befanden, und darüber die Zimmer von Earl Hairfall und Cora. Am anderen Ende waren die Gästezimmer, wo der Butler den Capitaine hinführte, und im Erdgeschoss waren die Küche und das Personal untergebracht. Die Nebengebäude setzten sich bis zum massiven Bergfried eines verfallenen Taubenhauses fort.

Menschengruppen drängten sich in den Salons, Freunde von Hairfall, die aus Paris und den umliegenden Schlössern gekommen waren; Earl Hairfall, der kaum erwarten konnte, Cora endlich offiziell mit dem Prinzen von Oxford verlobt zu wissen, hatte sie eingeladen.

André de Savery erregte Aufsehen durch höchste Eleganz und die Lässigkeit eines Grand Seigneur. Bei Tisch zeigte er sich witzig, brillant, ein Künstler voller Elan und Fröhlichkeit, darauf bedacht, zu gefallen, und besonders Cora zu gefallen, die annehmen konnte, dass er sich nur ihretwillen dermaßen ins Zeug legte.

Der Sekretär Carbett sagte kein Wort. Cora, die zwischen ihm und dem Prinzen von Oxford saß, hatte Ohren und Augen nur für den Capitaine.

»Nehmen Sie sich in Acht, Chef«, murmelte Joséphin, den Savery in der Halle traf. »Es sind etwa dreißig bis vierzig Mann im Schloss.«

»Umso besser, ich verlasse mich auf dich ...«

»Alles klar, Chef«, sagte er von sich überzeugt. »Ich habe alles vorbereitet.«

»Und Marie-Thérèse?«

»Sie auch. Wir sind bereit.«

»Ich bin erleichtert!«

Savery und Carbett standen nebeneinander im Raucherzimmer und schwiegen. Als aber alle Gäste gegangen waren und Cora und Earl Hairfall sich am Ende des langen Flurs in ihre Zimmer zurückgezogen hatten, stellte sich Tony Carbett plötzlich zwischen Savery und die Tür des Zimmers, das er betreten wollte.

»Ich habe Ihnen ein paar ernste Dinge mitzuteilen, Capitaine.«

»Zwischen uns kann es nur ernst sein«, sagte Savery.

»Aber warum denn?«

»Weil wir dieselbe Frau lieben!«

»Das haben Sie mir bewiesen, Capitaine ... und zwar heftig.«

»Wer hat mich denn gezwungen, Gewalt anzuwenden?«

»Zum Glück gibt es einen lachenden Dritten, der Cora auch liebt und unseren Zwist diesbezüglich schlichten wird.«

»Ich werde ihm beherzt helfen«, sagte der Capitaine.

»Seit zehn Jahren bereite ich diese Hochzeit vor.«

»Was Sie aber nicht daran hindert, Ihre eigenen Pläne zu verfolgen?«

»Oxford verdankt mir alles.«

»Und Sie schulden ihm nichts?«

»Nichts. Ich gehöre zu den Menschen, die niemandem etwas schulden.«

»Nicht einmal mir?«

»Ihnen? Ihnen schulde ich eine Stichwunde – eines Tages! Aber ich würde es bereuen, denn wir sind geschaffen, um uns zu verstehen.«

»Das glaube ich nicht.«

»Haben Sie irgendwelche vorgefassten Meinungen über mich?«

»Nein, nur Abscheu.«

»Grundlos. Sie werden schon noch dahinterkommen ...«

»Warum?«

»Ich werde es erklären.«

Carbett zündete sich eine Zigarre an. Bis zu Saverys Zimmertür waren es noch drei bis vier Meter. Savery sah sich Carbett genauer an. Er hatte kein uninteressantes Gesicht. Der krude Eindruck entstand durch die selbst auferlegte Allüre eines Energiebolzens; er versuchte damit, seine eigentliche Schüchternheit zu verbergen, die Savery bei verschiedenen Gelegenheiten schon aufgefallen war. Seine Augen waren stahlblau. Die Oberlippe, die fast immer hochgezogen war, entblößte auf der linken Seite weiße, grausame Wolfszähne. Was nicht täuschte, war die Arroganz. Später sollte André de Savery erfahren, dass Carbett von eher niedriger Herkunft war, der Sohn eines Pferdepflegers und eines Straßenmädchens; wegen seiner Herkunft konnte er sich in diesem eleganten Milieu nicht wohlfühlen, in dem er den *Outlaw* gab, der krumme Dinge ausheckte.

Er wiederholte: »Ich werde es erklären. Ich bin das, was man einen *Selfmademan* nennt, ein Mann, der sich selbst zu dem gemacht hat, was er ist. Bildung, Erziehung, sozialer und weltlicher Status, Muskelkraft, Geschicklichkeit, Gesundheit, für all das habe ich selbst gesorgt. Und ich habe ein solches Ansehen erlangt, dass ich vor zwanzig Jahren, fast ohne Referenz, ohne Empfehlung, zu Prinz Edmonds Hauslehrer, Boxtrainer, Reitlehrer, Reisebegleiter und so weiter ernannt wurde. Er war ein Kretin und wurde von seiner Familie verstoßen. Ich habe ihn zu dem gemacht, was er ist, ein Gentleman, ehrlich, aufrecht, sportlich, der seinen Platz in der Welt innehat und der an die

Stelle kommen wird, die ich für ihn vorgesehen habe. Ich habe ihm sogar Ehrgeiz eingeflößt: meinen eigenen.«

»Was wollen Sie also?«

»Er soll König werden, damit ich unter seinem Namen regieren kann.«

»Er hat wenig Chancen. Der Bruder des jetzigen Königs ist wohlauf.«

»Es gibt nicht nur das Königreich Großbritannien. Ich kenne zehn Königreiche, die zum Verkauf oder zur Übernahme stehen. Ich habe ein Talent für Intrigen und kein Gewissen.«

»Bravo, Gewissenlosigkeit ist eine meisterhafte Eigenschaft. Wenn es ein Hindernis gibt, beseitigen Sie es.«

»Ich bin auf vier gestoßen: Drei existieren nicht mehr.«

»Und das vierte?«

»Das sind Sie.«

»Au weia! Das wird nicht leicht.«

»Ich weiß. Ich habe mit Herlock Sholmès gearbeitet. Er hat mir gesagt: ›Wenn Sie jemals auf Arsène Lupin als Gegner stoßen, legen Sie die Waffen nieder. Sie sind im Voraus geschlagen.‹«

Savery verbeugte sich.

»Sehr schmeichelhaft. Und nun?«

»Ich bezahle Sie.«

»Übles Wort, törichter Plan. Ich bin reicher als Sie.«

»Reicher als ich, vielleicht«, sagte er, »aber nicht so reich wie England.«

»Sie vertreten also England?«

»Vielleicht ...«

»Was wollen Sie von mir?«, fragte André de Savery. »Und was hat England damit zu tun?«

Carbett schwieg peinlich berührt. Schließlich sagte er demütig: »Wir bitten um Ihre Mitarbeit.«

»Wobei?«

»Oh, es ist sehr komplex ...«

»Schon wieder? Meine Güte, erklären Sie sich! Ich hasse Rätsel ...«

»Nun gut. Ich bin in der Tat an den Vorhaben und Interessen meines Landes interessiert ... Aber es gibt auch noch meine eigenen Pläne und die beiden stimmen nicht immer überein. Wenn Sie uns Ihre Unterstützung oder zumindest Ihre Neutralität zusichern könnten, wäre das wunderbar.«

Der Capitaine zuckte mit den Schultern: »Wie obskur das alles ist«, spottete er, »und geheimnisvoll ... Glauben Sie, ich lasse mich in düstere Intrigen verwickeln, deren Gestalt Sie mir nicht einmal offen darlegen?«

»Nun ... Ich habe Ihnen bereits zu viele Geheimnisse verraten, um Sie am Leben zu lassen, wenn Sie sich weigern sollten, mitzumachen.«

»Ich weigere mich. Ich mag Klarheit, und Sie haben mir nichts Sinnvolles gesagt.«

Der Engländer zog seinen Revolver. Savery lachte: »Hat Ihnen Herlock Sholmès nicht verraten, dass ich mich nie auf ein gefährliches Gespräch einlasse, ohne vorher die Waffen meines Gegenübers zu entladen?«

»Ich war allein in meinem Zimmer. Ich habe meine vor fünf Minuten neu geladen.«

»Mit gefälschten, pulverfreien Kugeln.«

Carbett war aufgebracht: »Wir werden sehen, ich werde schießen.«

»Wenn es Ihnen Spaß macht.«

»Geht vor, Kameraden«, sagte der Engländer und gestikulierte zu seinen Komplizen, die sich im Flur versammelt hatten.

Zwanzig Arme wurden ausgestreckt. Zwanzigmal ertönte ein Knacken. Es gab keine Detonation, kein Pfeifen.

»Und bedenken Sie«, sagte Savery, »ich habe keine Anweisungen gegeben. Das war einer meiner jungen Freunde, der über mich wacht, er hat die Vorsichtsmaßnahme getroffen, Sie zu entwaffnen, in Übereinstimmung mit meinen Prinzipien.«

»Nicht ganz«, korrigierte Carbett.

Tatsächlich drängten sich nun die Komplizen, mit Messern bewaffnet, um den Capitaine.

»Bah!«, lachte er, »Messer zählen nicht gegen eine Browning.«

»Du hast keine. Ich habe deine Taschen vor einer Stunde geleert.«

»Es würde mich wundern, wenn meine Assistentin mir nicht vorsorglich eine zur Verfügung gestellt hätte.«

Im selben Moment ertönte ein Knarzen von der alten Balkendecke und eine Browning fiel an einer Schnur herunter, direkt zum Capitaine, der sie ergriff und auf die Angreifer richtete.

Ein Knall. Einer von ihnen fiel. Die anderen flohen. Einige kamen jedoch zurück, als Savery versuchte, die Tür zu öffnen, und ihnen dabei den Rücken zukehrte.

Carbett spottete: »Abgesperrt. Hast du das nicht bedacht?«

»Die anderen müssen das für mich bedacht haben. Ich warte.«

Das metallische Geräusch eines Schlüssels im Schloss. Der Türknauf bewegte sich. Die Tür ging auf.

»Marie-Thérèse«, rief er, als sein Blick auf das dünne, blasse Mädchen fiel, das vor Freude strahlte.

Er schlüpfte ins Zimmer und schloss die Tür ab, gegen die sogleich heftig geklopft wurde.

»In zehn Minuten werden sie durchbrechen«, sagte er.

»Aber Sie werden weit weg sein. Durch die Fenster ...«

»Die sind vergittert ...«

»Und jetzt?« Beide dachten kurz nach.

»Hier entlang«, sagte sie und öffnete einen hinter einem Wandteppich verborgenen Schrank. Dahinter ging es zu einer Steintreppe, die sie herunterliefen.

André de Savery umarmte Marie-Thérèse sanft: »Du hast mich gerettet«, sagte er. »Wie bist du vorgegangen, ähnlich wie Joséphin?«

»Wussten Sie, Chef, dass La Cloche ein weiteres Mal geheiratet hat, eine abscheuliche, schmutzige, bösartige Frau mit dem Spitznamen die Nacktschnecke? Sie ist vor zwei Jahren verschwunden. La Cloche hat sie natürlich geschlagen, und ich war ziemlich überrascht, sie hier als Kochgehilfin wiederzufinden. Sie mochte mich, weil ich sie immer verteidigt und ihr heimlich zu essen gegeben habe, sonst wäre sie verhungert. Sie kannte Sie, Capitaine, aus der Zeit, in der Sie in die Ziegelei kamen, und sie war es, die mir die Treppe gezeigt hat; sie war es auch, die Joséphin die Falltür in der Balkendecke gezeigt hat.«

»Sie hat noch mehr getan«, sagte Joséphin, »sie hat mich in Tony Carbetts Zimmer geführt und den Skalpjäger auch.«

Als die Morgenglocke zum Frühstück läutete, ging Savery in den Speisesaal. Zehn Minuten später betrat ihn auch Tony Carbett. Er wurde von einem explosionsartigen Gelächter begrüßt. Sein Kopf war glattrasiert, er hatte keinen Schnurrbart mehr, keine Augenbrauen und keine Wimpern.

Er weinte vor Wut. Er zeigte Savery die Faust und knurrte: »Das werden Sie mit Ihrem Leben bezahlen.«

»Was ist los, Carbett?«, fragte Edmond von Oxford. »Wer hat Ihren Kopf geschmirgelt? Das steht Ihnen nicht!«

Fourvier, der zur Soirée eingeladen worden war und sich zurückgehalten hatte, erklärte Earl Hairfall halblaut: »Das können nur die Freunde des Capitaine gewesen sein. Er hat mir erzählt, dass einige seiner Schüler den Auftrag haben, die verkommenen Gestalten kahlzuscheren, die die Ehre der Frauen und besonders der jungen Mädchen beschmutzen. Mister Carbett wurde sicherlich für eine Feigheit dieser Art gerügt ...«

Edmund von Oxford hatte mitgehört.

»Verleumdung, Eure Hoheit«, sagte Carbett.

Savery mischte sich ein: »Sie lügen, Sir. Ich war Zeuge der Aggression, die gestern Morgen in dem Herrenhaus stattgefunden hat, in das Sie Mademoiselle de Lerne nach ihrer Entführung gebracht haben.«

»Meine Verlobte!«, empörte sich der Prinz.

»Ja, Eure Hoheit, Ihre Verlobte, vor der ich diesen Schuft offen anklage.«

Der Prinz von Oxford protestierte: »Das kann doch nicht sein, oder, Carbett? Verteidigen Sie sich, Teufel noch mal!«

»Man verteidigt sich nicht, Eure Hoheit, wenn es Savery ist, der anklagt.«

Der Prinz wollte sich gerade auf ihn stürzen, als Cora dazwischenging: »Eure Hoheit, nur ich allein habe das Recht, Tony Carbetts Verhalten mir gegenüber zu beurteilen, es zu beanstanden oder zu rügen. Ich bitte Sie, diesem Vorfall nicht mehr Bedeutung beizumessen, als er es verdient.«

»Ich nehme Ihre Aussage zur Kenntnis, Cora. Carbett ist ein treuer Begleiter, und ich hätte mich über seinen Verrat gewundert. Sprechen wir nicht mehr darüber.«

»Wie Sie wünschen, sprechen wir nicht mehr darüber«, sagte Savery und verbeugte sich. »Die Sache wird früher oder später zwischen Tony Carbett und mir geklärt werden.«

»Für mich ist die Sache erledigt«, sagte der Prinz. »Carbett ist mein Freund.«

Earl Hairfall, der neben Cora stand, flüsterte ihr zu: »Der Vorwurf stimmt, nicht wahr?«

»Ja, aber ich wollte den Affront nicht öffentlich machen. Aber da Carbett unter Ihrem Dach lebt, halte ich es für klug, das Schloss für ein paar Wochen zu verlassen, um mich vor seiner Rache zu schützen.«

»Was wird Oxford denken?«

»Was immer er will. Ich werde ihm erzählen, dass ich eine Autoreise mit einer Freundin mache.«

»Haben Sie immer noch vor, ihn zu heiraten?«

Sie schaute mit einem trotzigen Blick zu André de Savery.

»Sicherlich«, antwortete sie, »der Capitaine wünscht es so! Meine Heirat wird trotz Tony Carbett stattfinden.«

André de Savery reagierte nicht auf diese Provokation. Er dachte mit ernster Miene nach und sagte dann leise: »Sie haben recht, Cora, es ist klug, wegzugehen, denn ich glaube, der Kampf ist noch nicht vorbei. Ich werde Sie im Auto nach Paris begleiten, und wir besprechen unterwegs alles Weitere.«

10
Lupins Vermögen

Cora de Lerne und André de Savery beschlossen, noch im Château des Tilleuls zu Mittag zu essen. Dieses Essen fand ohne Zwischenfälle statt: Tony Carbett nahm schweigend daran teil.

Danach regelte Cora die Details ihrer Abreise. Earl Hairfall stellte ihr einen seiner Wagen und einen Fahrer zur Verfügung, um in Begleitung von Capitaine de Savery nach Paris zu gelangen. Dann ließ sie ihr Gepäck packen und verabschiedete sich von dem Prinzen von Oxford, der seiner Verlobten höflich das Ausleben ihrer Reiselust auf unbestimmte Zeit zuließ.

Inzwischen hatte sich Savery zu Joséphin und Marie-Thérèse gesellt, die in der Umgebung des Schlosses herumlungerten.

»Kinder, ich habe eine wichtige Aufgabe, die ich euch anvertrauen möchte. Behaltet Tony Carbett genauestens im Auge. Wenn er weggeht, folgt ihr ihm. Wenn er einen Unbekannten trifft, findet einer von euch heraus, wer diese Person ist, während der andere Carbett weiter auf den Fersen bleibt. Verstanden?«

»Jawohl, Chef. Wo und wann können wir Ihnen Bericht erstatten?«

»Zu jeder Stunde, sobald ihr etwas wisst, kommt ihr zu mir, entweder zusammen oder allein, nach Paris, an diese Adresse.«

Er reichte ihnen einen Zettel und fügte hinzu: »Ich werde euch an diesem Ort brauchen.«

Die beiden zischten ab und berieten sich.

Gegen vier Uhr verließen Cora und Savery das Schloss Richtung Paris.

»Sie dürfen nicht vergessen«, sagte Savery, »dass Sie mir versprochen haben, mit mir zur Kasematte zu kommen. Ich habe um fünf Uhr einen Termin, der interessant und aufschlussreich sein könnte: Ich treffe den berühmten Wissenschaftler Alexandre Pierre.«

»Das habe ich nicht vergessen. Geben Sie dem Chaffeur die nötigen Anweisungen.«

Sie bogen ab, hielten unweit der Kasematte an und gingen den restlichen Weg zu Fuß. Sie gingen hinein. Die Kasematte führte zu einem großen Tunnel, der dreihundert Meter lang geradeaus verlief und von Oberlichtern erhellt wurde. Sie kamen zu einem ersten Raum, der etwas Kathedralenartiges hatte. Er war von einer zentralen Säule gestützt, mehrere Gänge mündeten hier.

»Ist Ihr Vermögen hier versteckt?«, fragte sie mit einer beinahe furchtsamen Stimme.

»Nur ein wenig Goldstaub, den ich auf legale Weise erhalten habe. Es ist nicht viel. Der Rest befindet sich an verschiedenen Orten, vor allem bei der Aiguille creuse in Étretat, am Fluss beim Herrenhaus La Barre-y-va und in den Abteien des Pays de Caux. Verstreuen heißt bewahren. Banken sind zu zugänglich für Begehrlichkeiten, ich bevorzuge Gold und Edelsteine. Aber diese Reichtümer beschäftigen Sie derart ...?«

»Ja, die ungeheure Summe hat mich verblüfft ... Kurz und gut, wenn Sie eine Frau liebten, wäre es Ihnen egal, ob sie eine beträchtliche Mitgift hätte oder nicht. Sie würden Ihre Heirat nicht von der Mitgift abhängig machen, wie es der Prinz von Oxford ziemlich schäbig unter dem Vorwand politischer Gründe tut.«

»Die Frage nach einer Heirat stellt sich für einen Mann wie mich nicht«, unterbrach sie Savery trocken. »Mein schweres Schicksal macht mich zu einem Einzelgänger.«

Cora warf ihm einen kurzen Blick zu und erwiderte nichts.

Sie kamen aus einem der unterirdischen Gänge heraus, die alle miteinander verbunden waren, und oben wartete schon Alexandre Pierre auf sie. Er war ein großer Mann mit einem weißen Ziegenbart. Savery stellte die beiden kurz vor. Er hatte den Wissenschaftler am englischen Hof kennengelernt, als sich dieser auf dem Weg nach Amerika befand, um dort große wissenschaftliche Projekte zur Nutzung der Wärme der Tiefenströme umzusetzen.

»Und, haben Sie es geschafft, Monsieur Alexandre Pierre?«, fragte Savery.

»Nein, ich bin gescheitert. Ich hatte fünfzehn Millionen Privatvermögen, und als es für die ersten Auslagen ausgegeben war, bin ich gegangen.«

»Und in Amerika, dem Land des Kapitals, haben Sie keine Leute gefunden, die der Wissenschaft zugetan und mutig genug waren, Sie zu fördern?«

»Nein, niemanden.«

»Das ist ja zum Kotzen. Wissenschaftler sollten sich nicht mit solchen Nebensächlichkeiten beschäftigen müssen!«

»Nebensächlich ... aber unentbehrlich.«

»Und wenn ich Ihnen beschaffe, was Sie brauchen?«, bot Savery an.

Alexandre Pierre hob die Arme und lachte freiheraus: »Sie hätten nicht genug.«

»Wollen Sie fünfzehn Milliarden haben?«, schlug der Capitaine direkt vor.

»Soll das ein Scherz sein?«

»Ganz und gar nicht. Ich gebe sie Ihnen. Ich kann Ihnen keinen Scheck ausstellen, um Sie sofort zu überzeugen, denn auf den Banken habe ich wenig Geld. Aber ich werde schnell andere Güter zu Geld machen, und in vierzehn Tagen überbringe ich Ihnen die erste Milliarde in bar; die anderen werden alle vierzehn Tage folgen, denn ich werde Edelsteine verkaufen müssen, Goldbarren transportieren lassen und so weiter ...«

»Aber das ist ja ein Traum«, sagte der Wissenschaftler, überwältigt vor Freude. »Ich weiß nicht, wie ich Ihnen danken soll! Das ist zu schön!«

Cora hatte dieser Szene stumm beigewohnt. Als Alexandre Pierre gegangen war, stellte sie sich äußerst gerührt neben Savery und flüsterte: »Ich verstehe, mein Freund. Ich bin es, die Ihnen zu danken hat!«

11
Beschattung

Joséphin und Marie-Thérèse, die allein zurückgeblieben waren, um Tony Carbett zu beschatten, überlegten, wie sie ihrer Aufgabe am besten nachgingen.

Es bedeutete immer eine große Ehre, eine Mission vom Chef zu erhalten, und sie wollten ihn durch die Perfektion ihres Aktionsplans und die Kühnheit seiner Ausführung stolz machen. Außerdem verstanden sie, nach dem Ernst der Ereignisse, die sich gerade im Château des Tilleuls zugetragen hatten, dass es diesmal um sehr wichtige Angelegenheiten ging, bei der die Sicherheit von André de Savery auf dem Spiel stand.

Deshalb überlegten sie genau, was sie zu tun hatten, und versuchten, sich die verschiedenen Situationen vorzustellen, denen sie begegnen könnten. Sie wollten nicht, dass das Unerwartete sie überrumpelte.

»Wenn man als Team zusammenarbeitet«, hatte der Capitaine sie gelehrt, »muss man Chaos und falsche Bewegungen bedenken, deshalb muss jeder genaue Anweisungen bekommen, und es müssen Treffpunkte ausgemacht werden.«

Es waren diese Treffpunkte, über die sofort entschieden werden musste. Joséphin kopierte deshalb die Pariser Adresse, zu der sie beide am Abend gehen mussten, auf ein Blatt Papier und reichte es seiner Schwester.

»Zu egal welcher Stunde«, empfahl er, »zusammen oder getrennt, müssen wir dorthin und Bericht erstatten, sobald wir etwas wissen. Da muss der Capitaine wohnen, wenn er in Paris ist, jedenfalls wird er heute dort sein. Vergiss nicht, dass er gesagt hat, dass er uns beide braucht. Wenn wir durch irgendetwas Unvorhergesehenes getrennt werden, warte nicht auf mich; du haust dann ohne zu zögern ab. Du kennst ja den Weg nach Paris und wirst dich leicht bis zur angegebenen Adresse durchschlagen. Bist ja nicht ungeschickt. Und dann schauen wir uns gleich die große Karte im Küchenbereich des Schlosses an. Hast du etwas Geld? Das ist wichtig, du wirst welches brauchen, um allein nach Paris zu kommen.«

»Ich habe mein Sparschwein geleert, ich habe über fünfzig Francs«, sagte Marie-Thérèse stolz.

»Oh, das ist gut! Ich auch«, stellte Joséphin fest, nachdem er sein Portemonnaie überprüft hatte. »Ich habe auch meinen Revolver ... Hast du auch den eingesteckt, den ich dir gegeben habe? Man weiß ja nie ...«

»Ja, das habe ich. Er ist in meiner Jackentasche.«

»Prima, dann sind wir bestens ausgerüstet.«

Die beiden Kinder waren beim Schloss angekommen, wo sie problemlos eintreten konnten; Capitaine de Savery hatte sie mitgebracht, und der Concierge erkannte sie.

»Zuerst der Plan«, sagte Joséphin bestimmt.

Sie betraten das Büro und studierten auf einem großen farbigen Papier, das an die Wand genagelt war, sorgfältig und mit ein wenig Mühe ihre Route.

Zu dieser Stunde waren die Bediensteten mit dem Servieren des Tees beschäftigt und störten sie nicht. Doch Marie-Thérèse beobachtete das Kommen und Gehen des Butlers und fragte ihn in dem gleichgültigen Ton eines neugierigen Kindes: »Sind viele Leute im Speisesaal?«

»Oh nein, es ist nicht wie gestern! Da ist der Earl, und dann Prinz Trottel und sein Schreck-Carbett ...«

»Oh, Mister Carbett ist hier? Aber ja natürlich, er traut sich mit seinem kahlrasierten Kopf nicht nach draußen. Zum Schreien komisch ist das!«

»Doch, doch, er geht raus, der lässt sich nicht einschüchtern, vorhin hat er angekündigt, eine Besorgung machen müssen und hat die Gelegenheit genutzt, mich zu hetzen, weil ich ihm nicht schnell genug war. So ein Fatzke ...«

Das war alles, was das Mädchen wissen wollte, und das machte die Akrobatik überflüssig, die sie hätte vollführen müssen, um den Engländer in seinem Zimmer auszuspähen. Sie entzog sich dem Geschwätz des Butlers, der die Abreise derjenigen zu kommentieren begann, die er »Capitaine Cocorico und die schicke Henne« nannte, und eilte nach draußen zu ihrem Bruder, um ihm die soeben eingesammelten Informationen mitzuteilen.

»Gut gemacht, Schwesterherz«, sagte Joséphin. »Du bist ganz schön schlau, weißt du das? Jetzt sind wir bestens vorbereitet. Wir müssen nur noch die Abreise von Carbett abwarten, das ist einfach. Wir folgen ihm in einiger Entfernung, und wenn er jemanden trifft, handeln wir je nachdem, was passiert. Du erinnerst dich, dass wir angewiesen wurden, uns in diesem Fall aufzuteilen: Der eine folgt dieser Person, der andere Carbett. Und, kein Zores, ich kümmere mich um den Neuen, du verfolgst weiterhin Carbett. Abgemacht? Treffen in Paris, an der bekannten Adresse.«

»Ist gebongt.«

Als Tony Carbett das Schloss verließ, hatten die beiden keine Schwierigkeiten, ihm zu folgen. Er ging schnell, den Kopf gesenkt und in Gedanken versunken.

»Ich wette, er geht in die Zône-Bar«, flüsterte Joséphin nach einem Moment. »Beeilen wir uns, und halten wir die Augen offen, es wird Gespräche geben.«

Sie kamen tatsächlich an der Tür der vertrauten Kneipe an, und der Engländer trat ein. Mit einer schnellen Bewegung schlüpfte Joséphin hinterher, und als er sah, dass Carbett auf den Tresen zusteuerte, schlich er, ohne zu zögern, hinterher und stellte sich neben den Wirt, während Carbett sich an den großen glänzenden Tresen voller Flaschen und Gläser lehnte.

»Bonsoir.«

»Guten Abend, Mister Carbett. Was kann ich für Sie tun?«

»Schicken Sie nach Double-Turc und seinen beiden Kumpanen. Ich muss mit ihnen sprechen.«

»Nichts einfacher als das, wird sofort erledigt.«

Er drehte sich zu Joséphin, der stumm an seiner Seite lauschte und so tat, als würde er warten, bis er seinerseits mit ihm sprechen konnte: »Hey, du, La-Cloche-Kind, du weißt doch, wo das Meucheltrio haust, oder?«

»Jawohl, Monsieur.«

»Sag ihnen, sie sollen herkommen. Beeilung, marsch!«

Joséphin war schon auf dem Sprung, als Carbett ihn aufhielt. »Moment mal ... nein ... nicht alle drei, das ist zu auffällig ... Dieser Fouinard, das ist doch der Chef, oder?«

»Oh ja«, sagte der Wirt, »er ist der Klügste.«

»Dann nur Fouinard, das reicht.«

»Ich zische los, Mister«, sagte Joséphin und machte sich auf.

»Kann man diesem Jungen trauen?«, fragte Carbett.

»Unbedingt! Es ist der kleine La Cloche, der Vater ist ein Nichtsnutz, wissen Sie, der Lumpensammler, der alte Säufer!«

»Ah, ich verstehe ... gut, sehr gut ... Sagen Sie mir, Wirt, könnte ich einen ruhigen Tisch bekommen, im hinteren Bereich? Ich erwarte jemanden gegen sechs, schicken Sie ihn mir bitte nach hinten, sobald Fouinard gegangen ist. Und ich möchte nicht, dass wir gestört werden. Haben Sie nicht ein ruhigeres Zimmer nebenan?«

»Oh nein, es ist besetzt, ein Billardspiel ...«

»Schade, aber nun gut, das wird schon passen.«

Der Wirt brachte ihn zum Tisch und kehrte zum Tresen zurück.

Inzwischen schlich Marie-Thérèse wie eine kleine Schnüffelkatze durch die Kneipe und plauderte mit anwesenden Freunden, ließ die Tür aber nicht aus dem Blick.

Dann ging sie ihrerseits zum Wirt: »Sagen Sie, Monsieur, wird unser Vater heute Abend kommen?«

»Sicherlich. Aber das musst du doch besser wissen als ich, Backfisch.«

»Oh nein. Ich arbeite jetzt außerhalb. Deshalb hätte ich nichts dagegen, ihn zu sehen.«

»Warte hier, er kommt sicher, du weißt ja, er hat einen durstigen Schlund.«

»Darf ich bleiben? Danke, Monsieur.«

In diesem Moment traf Joséphin ein, kurz darauf folgte Fouinard.

Dieser wurde zum Engländer geschickt; er blieb respektvoll vor ihm stehen und machte eine vage Begrüßungsgeste.

»Setz dich«, befahl Carbett. »Wir müssen reden.«

Der Ganove gehorchte und setzte sich seinem Gesprächspartner gegenüber.

Keiner von ihnen hatte bemerkt, dass Joséphin und Marie-Thérèse, mit dem Rücken zu ihnen, den Nachbartisch in Besitz genommen hatten; von dort konnten sie hören, was sie sagten. Tony Carbett war so sehr von sich eingenommen, dass er seiner Umgebung keine Beachtung schenkte: »Ihr – du, Double-Turc und Pousse-Café – müsst euch heute Abend beziehungsweise heute Nacht freihalten ... Besonders Double-Turc, weil er der Stärkste ist«, sagte er.

»Wir haben nichts vor«, antwortete der Bandenchef lakonisch.

»Gut. Du wirst nach Hause gehen, deine Freunde einweihen und starke Seile vorbereiten, um eine schlanke, sportliche Person zu fesseln. Auch einen Knebel, damit er nicht um Hilfe ruft.«

»Das haben wir schon vorbereitet«, sagte Fouinard stolz. »Aber gehen wir ein Risiko ein?«

»Nein. Es geht nur darum, ihn zu fesseln und zu bewachen, damit er sich nicht bewegen und mich nicht stören kann, während ich anderweitig beschäftigt bin. Wenn ich fertig bin, komme ich zu euch und bringe euch raus, ganz gepflegt durch die Vordertür. Keinerlei Risiko.«

»Was ist, wenn wir erwischt werden?«

»Diese Gefahr besteht nicht. Wie schon gesagt, ich sorge dafür, dass ihr durch die Tür reinkommt: kein Einbrechen, kein Klettern entlang der Fassade ... Das ist wichtig, verstehst du das? Beim Hinausgehen dasselbe. Es kann keinerlei Komplikationen geben. Steck trotzdem Revolver ein, das ist immer klug. Oh, und dann ist da noch eine alte Bedienstete: Die muss auch gefesselt und geknebelt werden.«

»Was springt für uns dabei rum?«

»Zweitausend für jeden? Passt, oder?«

Fouinard schüttelte den Kopf: »Das ist nicht viel! Diese Sache ist allemal fünftausend für jeden wert. Das geht nicht in die Richtung ›eine ruhige Kugel schieben‹, und es könnte ein Nachspiel geben!«

»Du willst fünfzehntausend insgesamt? Dass ich nicht lache! Zehntausend und ihr teilt es nach Gusto auf, ihr kommt schon klar.«

»Gut, so kommen wir vielleicht ins Geschäft ... Gibt es einen Vorschuss?«

»Niemals! Du weißt, dass ich dich immer korrekt bezahlt habe. Du bekommst das Geld morgen früh.«

Fouinard kratzte sich am Kopf und dachte nach. Carbett wurde ungeduldig: »Also hör mal, das ist lächerlicher Kinderkram, wenn ihr ablehnt, machen es andere, ich habe keine Zeit zu verlieren; entscheide dich.«

»Schon gut, schon gut, einverstanden. Wo ist es?«

»Ich bringe euch mit dem Auto hin. Fünfzehn Minuten vor Mitternacht steht ihr vor dem großen Tor des Château des Tilleuls. Und jetzt verschwinde.«

»Wiedersehen, Mister Carbett.«

Fouinard zog ein grimmiges Gesicht und verließ die Kneipe.

Obwohl die schändliche Abmachung in gedämpftem Ton getroffen wurde, hatten Joséphin und Marie-Thérèse das Wesentliche verstanden. Sie hatten Limonade bestellt, nippten daran und taten so, als würden sie miteinander lachen und aufmerksam die Tür beobachten, durch die La Cloche hereinkommen könnte.

Dieser betrat dann auch bald die Kneipe. Wie gewöhnlich schwankte er leicht in einem Zustand der Halbtrunkenheit, der ihn beim Anblick der Kleinen Tränen der Rührung vergießen ließ: »Oh! Meine Lämmer! Seid ihr gekommen, um Papa La Cloche zu sehen? Ihr habt ihn nicht vergessen! Das ist ja schön!«

»Wir haben dir versprochen, dass wir dich besuchen.«

»Das sagt man so dahin, ich habe nicht damit gerechnet. Ich bin sauglücklich. Lass mal sehen, was trinkt ihr da? Abwaschwasser? Bestellen wir etwas, das uns ein wenig aufmuntert. Garçon, drei Wermut-Cassis, das ist süß, das ist was für die Damen.«

Joséphin unterbrach die Bestellung: »Nein, nein. Das ist für uns in Ordnung. Wir sind nur gekommen, um dich zu umarmen, aber wir haben es eilig, wir müssen bald aufbrechen. Du wirst uns nicht aufhalten, wenn wir gehen wollen?«

»Versprochen. Dann nur einen Wermut-Cassis für mich, pur. Sie haben sich nicht verändert, die Strolche, machen nur, was sie wollen, ich war nicht streng genug mit ihnen. Wie auch immer, ich freue mich, euch für eine Weile zurückzuhaben, ich will mich nicht beschweren. Ihr wart meine Lieblinge, es erinnert mich an die guten Zeiten, als ich euch zu Hause hatte.«

»Ja, um uns zu verprügeln, was?«

»Zu eurem eigenen Wohl, die Jugend muss geformt werden!«

Während der Garçon La Cloche bediente, hatte sich ein großer, eleganter, blonder junger Mann zu Tony Carbett gesellt. Joséphin und Marie-Thérèse tauschten einen kurzen Blick aus und hörten zu, während sie ihr Geplänkel mit dem Lumpensammler fortführten.

Der Neuankömmling schüttelte nonchalant Tony Carbetts Hand: »Mein lieber Carbett«, lachte er, »was ist denn mit Ihnen passiert? Rasierte Augenbrauen! Lancieren Sie eine neue Mode?«

»Ein dummer Scherz. Diese Leute werden dafür teuer bezahlen, das versichere ich Ihnen. Aber das ist nicht so wichtig. Lassen Sie uns einen Portwein trinken, die haben hier einen guten, und über ernste Dinge reden.«

Der Garçon kam und Carbett bestellte: »Portwein, echten, meinen.«

Bis der Wein eingeschenkt war, machte er einige gleichgültige Bemerkungen über das Wetter und die Route, die der Fremde genommen hatte.

»Sie sind sicher mit dem Auto gekommen.«

»Ja, ich bin nicht allein, verstehen Sie?«

»Ah, er ist da! In Person! Dann werde ich ihn sehen.«

Joséphin stieß den Ellbogen seiner Schwester und flüsterte: »Ich werde ihm folgen.«

Und sie begannen wieder das Gespräch leidenschaftlich zu belauschen, während sie gleichzeitig auf La Cloches Geschwafel eingingen. Aber sie wurden enttäuscht, denn die beiden Freunde hörten auf, Französisch zu sprechen, und begannen ein lebhaftes Gespräch auf Englisch, von dem sie nichts verstanden, außer ein paar Eigennamen: Oxford, Cora de Lerne, Savery, Lupin ... die sie trotz der seltsamen Aussprache erkannten. Vor allem das Wort »Lupin« kam ständig vor.

Als die Gesten der beiden Männer einen baldigen Aufbruch ankündigten, umarmte Joséphin den verwirrten La Cloche brüsk und verließ ihn mitten im Satz, nachdem er die Getränke bezahlt hatte.

»Ah, der hat ja ne Art, einen mitten im Gespräch sitzenzulassen!«, empörte sich der Lumpensammler und wandte sich wieder Marie-Thérèse zu. Aber das Mädchen hörte nicht mehr zu, und ohne sich die Mühe zu machen, sich von ihm zu verabschieden, ging sie zur Tür, um ihrem Bruder zu folgen. Letzterer war schon weit weg, denn er hatte sich Tony Carbett und dem Fremden an die Fersen geklebt, die schnellen Schrittes davoneilten; er ging hinter ihnen her und machte seiner Schwester ein wortloses Zeichen, als sie an seiner Seite war.

Die beiden Engländer bogen nach rechts und dann nach links ab, in kleine verlassene Gassen, in denen die Kinder sehr vorsichtig waren. So kamen sie an die Straße nach Paris, wo ein eleganter Sportwagen geparkt war. Ein weiterer Mann stieg aus; ebenfalls groß, gut gebaut, aufgeweckt, aber offensichtlich nicht so jung wie sein Begleiter. Er kam den beiden anderen entgegen, begrüßte Tony Carbett auf eine vertraute Art, wechselte ein paar Worte mit ihm, immer noch auf Englisch, zur großen Enttäuschung von Joséphin, der seine Schwester hinter den Wagen zog. Dort hielt er an, um das Auto wie ein Kenner zu untersuchen: »Schöne Kiste«, sagte er zu Marie-Thérèse. »Ganz sicher ein ausländisches Fabrikat und wirklich schick! Hmm, dieser große Kofferraum, der könnte nützlich sein ...«

Schnell öffnete er das Schloss und hob den Deckel an.

»Er ist leer, erstaunlich! Was für eine Chance, herauszufinden, wohin diese Leute fahren!«

»Du wirst dich doch nicht da reinlegen, du bist doch nicht meschugge? Du wirst ersticken, sei vorsichtig.«

»Keine Angst, du Unschuldslamm, ich verschaffe mir etwas Luft, indem ich den Deckel mit zwei großen flachen Steinen anhebe, die ich gleich finden werde, dort drüben ist ein Steinhaufen.«

Er ging kurz weg und kam mit dem zurück, was er gesucht hatte. Die drei Engländer hatten den Wagen erreicht und unterhielten sich davorstehend, ohne die Kinder zu bemerken, die schüchtern und gleichgültig dreinschauten.

Bald schüttelten die beiden Fremden Tony Carbett die Hand und stiegen ins Auto. Derjenige, der in der Kneipe gewesen war, setzte sich ans Steuer, und als der Wagen losfuhr, beugte sich sein Begleiter vor und sagte, diesmal auf Französisch, zu Tony Carbett am Straßenrand: »Das Buch, mein Lieber, kümmern Sie sich unverzüglich um das Buch. Es ist sehr wichtig, uns ist sehr daran gelegen.«

Carbett nickte und ging in die entgegengesetzte Richtung, offenbar zum Château des Tilleuls, ohne abzuwarten, dass der Wagen außer Sicht war.

Marie-Thérèse, die den Aufbruch neugierig beobachtet hatte, hatte die Aufforderung des Fremden gehört.

Joséphin war seinerseits mit seiner trainierten Flinkheit in letzter Sekunde in den Kofferraum gesprungen und hatte sich dort zusammengekauert; als der Wagen Richtung Paris losraste, sprang er ein paar Mal wie ein Schachtteufel heraus und schnitt Grimassen für seine Schwester.

12
Erklärungen

Nach der Abreise des Wissenschaftlers Alexandre Pierre hatten Lupin-Savery und Cora de Lerne die Kasematte verlassen und waren zum Auto gegangen. »Also, wo fahren wir hin, Capitaine?«

»Zu Ihnen, liebe Cora. Wir müssen uns besprechen, ich werde Ihnen unterwegs sagen, was ich vorhabe.«

Er gab dem Chauffeur Anweisungen, und als das Auto losfuhr, nahm er Coras Hand. »Geht es Ihnen gut?«

»Oh ja, mir geht es gut. Ich bin froh, bei Ihnen zu sein, allein, frei und weit weg von allem, was lästig ist.«

»Ist das so?«

»Warum zweifeln Sie daran? Und warum beharren Sie darauf, mich in diese geschmacklose Ehe mit dem Prinzen von Oxford zu drängen? Ich habe mich nur mit ihm verlobt, weil Sie es wollten ... und jetzt bin ich mir sicher, dass ich ihn niemals lieben werde ... weil ich weiß, dass ich einen anderen liebe ...«

Er zuckte zusammen und sagte bewegt: »Schweigen Sie! Es gibt Worte, die nicht ausgesprochen werden dürfen! Ich will, dass Sie glücklich sind, Cora, und ich strebe für Sie die höchsten Ziele an, die durch diese Ehe möglich sind.«

»Glauben Sie wirklich, dass man glücklich wird, wenn man hohe Ziele hat? Nein, André, ich habe mich in letzter Zeit viel mit meinen Gefühlen auseinandergesetzt, und mein Weg wird mir immer klarer. Für mich ist Glück gleichbedeutend mit Liebe. Der Liebe zu begegnen, sie zu verwirklichen, das ist mein einziges Streben. Mit dem Mann zusammenzuleben, den man liebt, das ist das höchste Ziel!«

»Was aber, wenn Sie falsch wählen? Wenn dieser Mann nicht frei ist, ein normales Leben führen zu können?«

»Dann werde ich sein Schicksal teilen! Das würde meine Wahl nicht infrage stellen und mein Glück nicht mindern.«

»Wenn er ein ehrlicher Mann ist, hat er kein Recht, Ihr Opfer anzunehmen. Wenn er am Rande der Gesellschaft steht, muss er am Rand bleiben. Sie sind so ein liebenswürdiges Kind, Cora, aber Sie sind eben ein Kind. Lassen Sie sich von mir leiten, denn es geht mir einzig um Ihr Wohl, und beurteilen Sie nicht weiter das, was Sie noch nicht in Gänze kennen oder verstehen können. Und träumen Sie nicht vom Unmöglichen.«

Der Capitaine hatte sich aufgerichtet, er hatte seine Selbstbeherrschung, seine Gelassenheit und seinen Handlungswillen zurückgewonnen. Entschlossen sagte er: »Lassen Sie uns dieses Gespräch beenden, ja? Es ist nutzlos.«

»Einverstanden. Wir werden später darüber sprechen.«

»Es ist müßig!«

»Sie irren sich, es ist unerlässlich. Das versichere ich Ihnen.«

Er antwortete nicht und fuhr fort: »Kümmern wir uns um dringendere Angelegenheiten. Vergessen wir nicht, dass wir uns mit traurigen, unausweichlichen Realitäten beschäftigen müssen. Der Feind ist nicht entwaffnet, wir müssen seine Pläne durchkreuzen und unsere eigenen erstellen ...«

Cora fragte: »Sie glauben nicht, dass die Entfernung ausreicht, um uns zu schützen?«

»Oh nein, überhaupt nicht! Im Gegenteil, ich erwarte noch heute Abend einen weiteren Angriff. Er ist sogar sehr wahrscheinlich.«

Sie zuckte zusammen, doch er beruhigte sie durch ein Lächeln: »Keine Sorge, Sie werden in Sicherheit sein. Ich werde Sie nicht zu Ihrem Haus bringen, sondern zu meinem Pavillon. Dort wird meine alte Amme, die mir als Haushälterin dient, Sie zu einem noch sichereren Rückzugsort bringen und auf Sie aufpassen, bis ich Sie spätestens morgen dort treffe ... Ich habe noch ein anderes Haus in Paris, in dem Sie essen und schlafen werden. Dort gibt es Bücher, Musik, ein Klavier ...«

»Sie erstaunen mich immer wieder aufs Neue! Sie sehen alles voraus, Sie finden Lösungen für alles.«

»Ich bin es gewohnt, über eine Situation nachzudenken und sie von allen Seiten zu beleuchten. Das habe ich in diesem Fall auch getan. Wobei mir einige Puzzleteile noch fehlen. Ich habe noch nicht herausgefunden, um wen es sich bei der geheimen Macht handelt, die Carbett gegen mich aufgebracht hat. Ich fühle nur, dass es sie gibt. Er hasst mich, weil er Sie begehrt, und das verkompliziert das, was ich zu entwirren habe, denn er handelt auf eigene Rechnung, auch wenn es gegen diejenigen geht, die ihn beauftragt haben. Ich bin ihm aber auch ein Ärgernis, weil er weiß, dass ich ihm für einige seiner Pläne im Weg stehen könnte. Welche Pläne? Im Prinzip haben wir das gleiche Ziel: dem Prinzen von Oxford auf den Thron zu verhelfen. Er, damit er unter seinem Namen regieren kann, ich, damit Sie Königin werden.«

Cora protestierte: »Ich habe Ihnen doch gesagt, dass ich ihn nicht heiraten werde!«

»Das ist eine andere Sache ... Kehren wir zu Carbett zurück. Warum bekämpft er mich so vehement? Welche Organisation leitet ihn ...? Wer finanziert ihn ...? Denn dass er finanziert wird, das ist mir klar geworden, als er mir angeboten hat, mich zu kaufen. Warum? In wessen Namen? Hier verliere ich mich in vergeblichen Hypothesen ... Ich habe einen Verdacht, aber der wäre so gewaltig ... und dennoch ... Er hat etwas Seltsames gesagt, als ich ihn darauf hingewiesen habe, dass es unmöglich sei, mich zu kaufen, weil ich reicher bin als er. Er hat ausgerufen: ›Aber nicht reicher als England!‹ ... Könnte es England sein, oder vielmehr diese unsichtbare Hydra, der Geheimdienst? Mir fehlt ein Glied in der Kette, um sicher zu sein, ich habe nur Mutmaßungen. Oh, aber ich werde es herausfinden, ich werde die fehlende Verbindung finden! Mit der richtigen Methode kann man alles herausfinden ... mit der richtigen Methode und Glück. Und mir fehlt es nie an Glück ...« Dann änderte er seinen Tonfall und sagte: »Aber, aber ... ich langweile Sie mit meinem Geschwafel! Ich lasse mich gehen, indem ich laut vor Ihnen mit mir selbst argumentiere ... das ist von einem unbeschreiblichen Reiz für jemanden, der nur Kampf und Argwohn kennt.«

»Ich schätze Ihr Vertrauen sehr«, murmelte Cora. »Es ehrt mich, und es freut mich.«

Das Auto bewegte sich nun schon seit einiger Zeit durch den Pariser Stau, dann kam es beim Hôtel de Lerne an. Der Chauffeur hupte, um den Concierge zu warnen; dieser öffnete das Tor, damit sie unter dem Torbogen hindurchfahren konnten, und nach einer tadellosen Kurve in dem weiten, gekiesten Hof hielt der Wagen vor der Außentreppe.

Cora de Lerne stieg aus und fragte ihren Begleiter: »Gehen wir erstmal zu mir hinauf, oder sollen wir gleich zu Ihrem Pavillon gehen, da Sie mich Ihrer Gouvernante anvertrauen müssen?«

André de Savery lächelte: »Nein, nein, gehen wir zu Ihnen, da wir im Moment nichts zu befürchten haben. Ich erwarte dort auch zwei Kinder, die mir Informationen bringen. Ich muss sogar dem Portier sagen, dass er sie herbringen soll, denn es würde sie verunsichern, abgewiesen zu werden.«

Er ging zum Portier und gab auf dem Rückweg dem Fahrer, der still und respektvoll auf seinem Sitz saß, Anweisungen: »Sie bleiben hier und warten auf meinen Befehl. Sie werden Mademoiselle begleiten und anschließend zurückkommen und das Auto parken.«

»Hier?«

»Ja. Die Concierge wird Ihnen die Garage zeigen. Anschließend haben Sie frei, bis Sie mich morgen früh abholen kommen. Ähm ... um elf Uhr ... morgen ... Auf der Straße, vor dem Haus. Zum Abendessen heute Abend können Sie hingehen, wohin Sie wollen, Sie bekommen Hinweise bei der Concierge.«

Der Chauffeur nickte, und Capitaine de Savery ging zu Cora.

Sie saß in ihrem kleinen Wohnzimmer an einem Damenschreibtisch, in den sie schnell das Blatt Papier legte, das sie gerade gelesen hatte.

»Störe ich Sie?«, fragte er zaghaft.

»Nein, Sie, Sie stören nie. Ich habe gerade den Brief weggelegt, den mir der Prinz de Lerne hinterlassen hat. Ich hatte ihn mitgenommen und immer bei mir getragen.«

»Wozu diese traurigen Erinnerungen aufwärmen?«

»Sie irren sich, sie sind nicht mehr traurig; es ist sogar interessant zu sehen, wie die Leidensmomente nachlassen und vergehen und im Nachhinein einen tieferen Sinn bekommen. Dieser Brief, dieses Testament ist im Grunde mein Leitfaden, er bewahrt mich vor Irrwegen, er stärkt mich in meinen Entschlüssen, er berät und er stützt mich.«

André sah sie begeistert an. Cora hatte ihren Hut abgenommen; das Licht des Sonnenuntergangs spielte in ihrem blonden

Haar, in den langen Locken, die ihr perfektes Gesicht umrahmten; ihre grünen Augen leuchteten.

Er dachte, dass sie vor diesem Möbelstück sitzend und in diesem Licht wirklich Ähnlichkeiten mit Gainsboroughs Porträt hatte, dessen Kleid sie gerne kopierte, aber er sagte es ihr nicht, er antwortete nichts, sondern ging zu einem Fenster und zog ungeduldig den Vorhang hoch.

»Sie warten auf Nachrichten, nicht wahr?«, fragte sie.

»Ja, interessante Nachrichten. Mein junger Gehilfe, der den Auftrag hat, sie einzusammeln, lässt auf sich warten. Ich hoffe, es gab keine Komplikationen ... Ah! Da ist er ja«, fügte er zufrieden hinzu und kehrte in die Mitte des Raumes zurück, um Joséphin zu begrüßen.

Joséphin trat ein. Als er Mademoiselle de Lerne sah, grüßte er schüchtern und leicht zögernd.

Der Capitaine rief ihm zu: »Und? Hast du es geschafft? Du kannst ganz offen reden, ich höre dir zu. Cora, ich bitte Sie, bleiben Sie, das betrifft Sie genauso wie mich.«

Sie hatte eine diskrete Rückzugsbewegung angedeutet, nun setzte sie sich wieder hin, und Joséphin begann, wortgewandt, methodisch und detailliert zu berichten, was am Nachmittag geschehen war. Er erzählte von Carbetts Besuch in der Zône-Bar, von seiner Taktik, über die er beauftragt wurde, den Chef des Meucheltrios zu suchen, und von Carbetts Angebot an Letzteren: »Ich habe mir wortwörtlich aufgeschrieben, was er gesagt hat«, sagte Joséphin gewichtig, »um sicherzugehen, dass ich nichts vergesse oder verändere. Carbett hat tatsächlich gesagt: ›starke Seile vorbereiten, um eine schlanke, sportliche Person zu fesseln ... Einen Knebel, damit er nicht um Hilfe ruft ... Es geht nur darum, ihn zu fesseln und zu bewachen, damit er sich nicht rührt, während ich anderweitig beschäftigt bin ... Keinerlei Risiko … Steckt trotzdem Revolver ein, das ist immer klug …‹«

Er hob den Kopf, nahm den Blick von dem Papier, auf dem er seine Notizen festgehalten hatte, und erklärte: »Ah, nicht zu vergessen, um Viertel vor zwölf geht es los, er selbst fährt, und die drei Männer steigen vor dem Château des Tilleuls ein. Das ist wichtig zu wissen!«

Und als er seine Lektüre wieder aufnahm, fügte er hinzu: »Er hat auch von einer alten Haushälterin gesprochen und gesagt: ›Die muss auch gefesselt werden und ihr Maul muss gestopft werden.‹ Das ist alles. Danach haben sie sich wegen der Entlohnung gestritten, Carbett hat zweitausend für jeden angeboten, Fouinard hat insgesamt zehntausend bekommen; er wird den anderen sicher was abzweigen.«

»Das ist alles ausgezeichnet«, sagte der Capitaine, »außer was meine arme Amme angeht! ›Eine alte Bedienstete, der das Maul gestopft wird …‹ Sicher ist sie damit gemeint.«

Er sah Cora an: »Sie … und ich … der dünne, sportliche Mann, der gefesselt werden soll, das bin ich. Aber sicher! Sie scheinen nicht überzeugt? Verstehen Sie nun, wie sehr ich damit richtiglag, dem heutigen Abend mit Misstrauen zu begegnen? Sie haben es gehört, Abfahrt um Viertel vor zwölf, das heißt, gegen Viertel nach zwölf sind sie hier!«

»Lassen Sie uns beide verschwinden, das wäre in diesem Fall die beste Lösung!«

»Nein! Das würde nichts bringen, sie kämen morgen wieder … Wir müssen die Angelegenheit ein für alle Mal klären.«

Er ging auf und ab und kommentierte ironisch: »›Er soll sich nicht rühren, während ich anderweitig beschäftigt bin.‹ Anderweitig beschäftigt – wie charmant! Ihnen ist schon klar, dass das bedeutet, dass er mit Ihnen ›beschäftigt‹ ist, liebe Freun-

din, denn er fährt die anderen, das heißt, sie kommen alle hierher!«

»Wie schrecklich!«, beteuerte Cora zitternd.

»Nur werden sie Sie hier nicht antreffen, keine Angst.«

»Wenn ich hierbliebe, würde ich nicht zittern. Wenn Sie in
meiner Nähe sind, wenn Sie über mich wachen, habe ich vor
nichts Angst, ich vertraue dann darauf, dass Sie eingreifen
und das Richtige tun; in der größten Gefahr hätte ich keine
Angst, ich wüsste sicher, dass Sie kommen, um mich zu retten.«

»So viel Zuversicht?«

»Gewiss!«

»Nichts erfüllt mich mit mehr Freude als das, was Sie gerade
gesagt haben, Cora.«

»Ich bin davon überzeugt, oder besser gesagt, ich fühle es
ganz tief in mir! Meine Gefühle und mein Verstand sind sich
in diesem Punkt einig: Sie glauben an Sie.«

»Sie können unter allen Umständen an mich glauben! Und
doch sprachen Sie eben noch davon, dass wir gemeinsam weg-
laufen sollten ...«

»Ich habe Angst um Sie.«

»Oh, ich habe nichts zu befürchten, ich bin durchaus in der
Lage, mich zu verteidigen. Aber Sie werden mir erlauben, in Ihrer Wohnung zu bleiben – so wird Carbett mich antreffen, wenn
er hier ankommt. In seinen galanten Plänen denkt er bestimmt
nicht daran, dass es diese kleine Änderung im Programm geben könnte. Ich werde ihm nicht wehtun, aber ich hoffe, das
wird ihm eine Lehre sein, damit er Sie anschließend für immer
in Ruhe lässt. In der Zwischenzeit werden Sie weit weg und in
Sicherheit sein, mein altes Kindermädchen wird Sie bewachen.«

Cora flehte ihn an: »Exponieren Sie sich nicht allzu sehr,
ich bitte Sie inständig, ich werde mir solche Sorgen machen!«

»Ich muss es tun. Sehen Sie, es ist nicht meine Art, mich vor einer Auseinandersetzung mit dem Feind zu drücken; und mit dieser Taktik bin ich bisher nicht allzu schlecht gefahren. Eine bekannte, vorhergesehene Gefahr kann bereits als abgewehrt gelten. Carbett wird jemanden vorfinden, mit dem er reden kann, seien Sie versichert.«

»Und wenn er bewaffnet ist?«

»Selbstverständlich wird er bewaffnet sein! Und ich auch. Aber vergessen Sie nicht, dass ich derjenige bin, der auf ihn wartet, während er nicht ahnt, dass ich hier sein werde – ich bin ihm also überlegen. Ich wünsche Ihnen eine friedliche Nacht, morgen früh werde ich zu Ihnen kommen. Sie helfen mir am meisten, wenn Sie ruhig bleiben, ich werde es brauchen. Wenn Sie sich sorgen, würde es mich schwächen, verstehen Sie?«

»Ja. Ich werde Ruhe bewahren, ich verspreche es.«

Er wandte sich zu Joséphin, der in einer Ecke wartete. »Komm und setz dich zu mir. Beende deinen Bericht. Das war noch nicht alles, nicht wahr?«

»Keineswegs, Capitaine! Jetzt wird es erst richtig konfus!«

Und er erzählte von der Ankunft eines Fremden, den er »einen Tommy« nannte. Er beschrieb ihn sorgfältig und bedauerte, dass er das Gespräch in der fremden Sprache nicht verstehen konnte. Der Capitaine zuckte zusammen; er hörte dem Jungen aufmerksam zu und ließ ihn ausreden. Als er hörte, dass sich ein zweiter Engländer im Auto befand, rief er freudig aus: »Diesmal habe ich den Schlüssel zum Geheimnis!«

Und er war es, der dem verdatterten Joséphin erklärte: »Und die Beschattung der beiden ›Tommys‹ hat dich zu der Adresse geführt, die ich dir gegeben habe? Kaum zu glauben, was? Wie hast du es geschafft, das Auto zu verfolgen?«

»Ich bin eingestiegen, Capitaine, in den Kofferraum. Als das Auto anhielt, bin ich schnell herausgesprungen und um das Gebäude herumgelaufen, weil ich die Adresse nicht erkennen konnte. Und dann habe ich festgestellt, dass ich genau da angekommen war, wo Sie mich erwarteten. Das war schick, sie haben mich hergebracht, ohne es zu wissen, diese Tommys.«

Der Capitaine gratulierte ihm: »Sehr gut, mein Junge, die Idee mit dem Kofferraum war sehr gut. Du hast Geistesgegenwart und ein sportliches Kunststück an den Tag gelegt. Und wo war deine Schwester in dieser Zeit?«

»Ich habe sie auf der Straße stehen lassen, und ich denke, sie wird jeden Moment hier sein.«

Die Besucherglocke ertönte. Der Capitaine spitzte die Ohren: »Sie ist es wahrscheinlich«, sagte er.

Und in der Tat, Marie-Thérèse trat lächelnd ein. Savery machte sie schnell mit Mademoiselle de Lerne bekannt: »Marie-Thérèse La Cloche, eine erstklassige Hilfskraft, die den Bericht ihres Bruders vervollständigen wird. Sprich, Kind. Wir wissen alles bis zur Abfahrt des Autos mit Joséphin im Kofferraum.«

»Wie schnell der reingesprungen ist«, sagte das Mädchen. »Im Losfahren.«

»Und wo warst du?«

»Ich? Ich war auf der Straße. Ich tat so, als würde ich interessiert ein abfahrendes Auto beobachten. Mister Carbett stand auf der anderen Straßenseite. Der größere der beiden Tommys rief, zum Glück in Französisch ...«

»Auf Französisch, diesen fürchterlichen Fehler habe ich dir schon mehrmals korrigiert!«

»Oh, Verzeihung, Capitaine, ich vergesse es ständig ... Er hat ihm zugerufen, auf Französisch ... Moment, ich habe es aufgeschrieben ...«

Sie holte ein Stück Papier aus ihrer Jackentasche und las: »Das Buch, mein Lieber, kümmern Sie sich unverzüglich um das Buch. Es ist sehr wichtig, uns ist sehr daran gelegen.«

»Aha!«, murmelte der Capitaine.

Sie fuhr fort: »Das hat der große Engländer gerufen. Darauf hat Carbett genickt, hat sich umgedreht und ist zurück in Richtung Schloss gegangen, ohne dem Auto hinterherzusehen. Zum Glück, denn Joséphin, der Affe, hat während der Abfahrt den Kofferraum geöffnet und hat herumgealbert – er wäre entdeckt worden.«

»Nun, das ist er nicht, alles in Ordnung. Und du? Was hast du danach gemacht?«

»Ich? Ich bin Mister Carbett gefolgt, um sicherzugehen, dass er nicht zurück in die Kneipe geht. Aber er ging zurück ins Tilleuls, und ich hätte beinahe auf ihn gewartet, dann hab ich mir aber gedacht, das wäre dumm, ich sollte besser zusehen, dass ich die Straßenbahn nach Paris erwische, um herzukommen, denn verpasst man eine, dauert es oft ewig, bis die nächste kommt, aber ich habe sofort eine erwischt und da bin ich.«

Der Capitaine pflichtete ihr bei: »Das hast du gut gemacht. Ihr habt beide wunderbar gearbeitet, und ich danke euch, meine Kleinen. Nur ist es noch nicht vorbei. Jetzt müssen wir uns vorbereiten, damit wir die Schurken so empfangen, wie sie es verdienen.«

Er wandte sich an Cora: »Ich kümmere mich um Carbett, das wird ein besonderes Vergnügen, ich warte hier auf seinen freundlichen Besuch. Eigentlich sollte es genügen, wenn sich die drei bösen Buben bei mir die Nasen blutig hauen; aber das wird nicht reichen, sie brauchen eine strengere Lektion. Und die werden sie bekommen!«

»Was haben Sie vor?«, fragte Cora ängstlich.

»Wir werden sie wie böse Biester in die Falle locken. Ich habe ein kleines, erstklassiges elektronisches Gerät an meiner Tür anbringen lassen, und sie werden meine Versuchskaninchen, denn sie werden es einweihen. Ich nehme die Kinder mit zu mir und erkläre ihnen, wie man das Gerät bedient: Sie werden es anstellen, es ist sehr einfach und erfordert keinerlei Kraft. Begleiten Sie uns, Cora, und Sie werden all das sehen können, bevor Sie mit meiner Amme weggehen; es lohnt sich. Ich werde Ihnen auch ›das Buch‹ zeigen, für das sich diese englischen Gentlemen interessieren: Es ist ein wertvolles Vermächtnis, das Napoleon einem meiner Vorfahren, einem General des Kaiserreichs, vermacht hat. Es enthüllt die Geheimnisse Englands.«

»Eine Sache beunruhigt mich: Wer sind diese Engländer, deren Identität Sie zu kennen scheinen? Ich verstehe noch nicht recht ... Was haben Sie durchschaut? Ich bin verwirrt ...«

»Dann schauen wir es uns genauer an! Die beiden Engländer sind Ihre Freunde, meine Liebe, die beiden eleganten Herren unter Ihren vier Musketieren! Sie sind viel weniger unschuldig, als wir dachten, denn man muss sehr stark sein ... und nicht allzu unschuldig, um sich so zu tarnen!«

»Donald Dawson und William Lodge?«

»Selbstverständlich Dawson und Lodge! Ich gestehe, dass ich weder in London noch in Paris auch nur eine Minute lang geahnt habe, was sich hinter ihrer Nonchalance müßiger Snobs verbirgt ... bei einem von ihnen ganz besonders, denn Lodge ist sicherlich nur Dawsons Freund und Sekretär, Dawson, der in Archäologie so bewandert ist! ... Der Nebel hat sich gelichtet ... Ich verstehe die Punkte, die unklar waren, ich sehe nun das große Ganze ...«

Der Capitaine schwieg einen Moment lang verträumt, dann schloss er mit einem teuflischen Lächeln: »Morgen früh findet mein offener Kampf mit Sir Dawson statt. Das wird sehr interessant!«

»Morgen früh? Morgen früh kommen Sie zu mir, vergessen Sie das nicht. Sie werden mich doch nicht allein und ohne Nachricht lassen ... Hoffentlich!«

»Ich werde gegen Mittag bei Ihnen sein. Und jetzt, los! ... Wir haben keine Zeit zu verlieren: Der Kampf ist noch nicht ausgestanden!«

Er führte die Kinder hinaus, reichte Cora seinen Hut, und zu viert gingen sie zu der alten Kapelle, deren Sakristei ihm als Wohnung diente.

13
Vereitelter Angriff

»Huhu! Ich bin's! So sieht man sich wieder! Freust du dich denn gar nicht, mich wiederzusehen? ...«

Tony Carbett schreckte entsetzt zurück. Er war gerade durch das Fenster im Erdgeschoss des Hôtel de Lerne eingebrochen, dessen Fensterläden absichtlich offengelassen worden waren, war schnell in den Salon gelaufen, froh darüber, dass er Coras Zimmer problemlos erreichen würde, als plötzlich das Licht anging und den Raum vollständig erhellte: Capitaine de Savery lehnte an der hinteren Tür des Zimmers und sah ihn belustigt an. Er sah eine Geste des Engländers voraus, richtete einen Revolver auf ihn und schrie: »Hände hoch! Sofort! Keine Bewegung, oder ich schieße.«

Carbett, wütend, aber besiegt, gehorchte.

Der Capitaine fuhr fort: »Außerdem bin ich es, der zu dir kommen wird, so ist es höflicher, wenn ich schon das Vergnügen habe, dich zu empfangen; und du kannst sicherlich nachvollziehen, dass ich dich durchsuchen werde, das ist unerlässlich bei einem Spaßvogel wie dir.«

Während er sprach, näherte sich der Capitaine, die Waffe weiterhin auf den Schurken gerichtet, der ganz blass war vor Angst und ohnmächtiger Wut. Mit der einen Hand drückte er den Lauf des Revolvers an seine Brust, mit der anderen durchsuchte er sorgfältig alle Taschen, aus denen er nacheinander eine Automatikpistole, mehrere Schlüssel, einen Schlagring, ein Springmesser, ein Fläschchen Betäubungsmittel und ein Seidentaschentuch hervorholte. Er vergrub alles in seiner eigenen Kleidung, bis auf die Schlüssel, die er in eine von Carbetts Taschen steckte. Er stellte fest: »Mein lieber Scholli, was für eine Ausstattung! Dir ist schon klar, wie unelegant es ist, eine hübsche Dame mit all diesen unansehnlichen Utensilien im Schlepptau zu besuchen? Du musst wirklich erzogen werden, dir fehlen Manieren! Und darüber hinaus siehst du mit deiner kahlgeschorenen Visage unheimlich aus, siehst du denn nicht in den Spiegel?«

Mit zusammengebissenen Zähnen antwortete Carbett: »Das ist weit besser als Lupins Gigolo-Gesicht. Denn du bist Lupin, der Name Savery täuscht niemanden mehr.«

»Aber sicher bin ich Lupin, und ich bin stolz drauf! Komm schon, reg dich nicht auf, meine Süße, sei brav. Mein Name Savery ist offiziell gemeldet. Alles ordnungsgemäß bei mir, du solltest wissen, dass bei mir immer alles einwandfrei ist. Übrigens, du wirst bemerkt haben, dass ich dir deine Schlüssel zurückgegeben habe, du könntest sie brauchen, um nach Hause zu kommen.«

»Mach weiter, Klugscheißer, steht dir gut!«

»Willst du dich denn gar nicht bei mir bedanken? Dabei hätte ich es verdient.«

»Und wenn schon, Mademoiselle de Lerne weiß nicht, dass du Lupin bist.«

»Dass ich noch Lupin bin! Immerhin, du verfolgst konsequent dein Ziel, auch wenn du nicht viel Hirn hast. Ich werde dich beruhigen: Glaube ja nicht, dass Mademoiselle de Lerne irgendetwas entgangen ist. Außerdem wird sie es morgen offiziell erfahren, ich habe die Absicht, es ihr zu sagen, denn ich bin gerne ehrlich; du siehst also, dein gnädiges Eingreifen ist völlig sinnlos. Setz dich und lass uns reden, ich werde jetzt, da du unbewaffnet bist, nicht mehr den Revolver auf dich richten, aber wenn du eine falsche Bewegung machst, ändert sich das ganz schnell.«

Er steckte die Waffe zurück in seine Tasche, in der sich bereits die von Carbett befand, setzte sich und sagte: »Ja, lass uns ein wenig reden ... Du warst so freundlich, heute Abend Helfer mitzubringen, die mich fesseln sollten, damit ich Cora de Lerne nicht helfen kann. Mach dir nicht die Mühe, es abzustreiten, ich weiß Bescheid. Nur bist du nicht besonders klug, du kannst nicht vorausschauen: Sie ist woanders, in Sicherheit; in ihrer Wohnung findest du mich; meine Wohnung ist leer, und was deine feigen Handlanger angeht, so wirst du gleich sehen, was aus ihnen geworden ist. Wir gehen hin und schauen sie uns an, du wirst staunen, wie brav sie sind.«

Carbett erschauderte. Der Capitaine beruhigte ihn: »Keine Sorge, sie werden am Leben sein, es wird auch noch alles an ihnen dran sein. Wir wollten sie dir nicht nehmen, du würdest sie zu sehr vermissen; sie brauchten nur eine schmerzliche Warnung, ich denke, jetzt haben sie verstanden ... und du auch ... Du bist nicht stark genug, also nimm es nicht mit einem Mann wie mir auf, der andere Methoden hat und es sich leisten kann, dir ein paar Tipps zu geben.«

Carbett hörte ungeduldig und regungslos zu. Dann unterbrach er Savery in einem triumphierenden Tonfall: »Sieh einer an, Lupin macht einen auf oberschlau, dabei hast du die Dienste des Meucheltrios selbst in Anspruch genommen!«

»Ja, sie haben Säcke für mich getragen ... und mich selbst. Du erinnerst dich an die Goldsäcke, und wie ich mich, in einem Sack versteckt, habe reintragen lassen? Genauso wie sich Kleopatra Zugang zu Cäsars Palast verschafft hat. An jenem Tag habe ich dich wieder gehörig gestört! Ja, ich habe die körperliche

Kraft dieser armen Schlucker in einer gerechten Sache in Anspruch genommen; ich war dazu gezwungen, denn du hattest sie damals auch mit einer Mission beauftragt, und sie trugen die Säcke, über die ich mir Zugang zu dir verschaffen wollte. Das ist normal ... Aber du, du nutzt ihre Niedertracht, um Böses zu tun, das ist schäbig ... Übrigens weise ich dich auch darauf hin, dass du schlecht bezahlst, du knauserst, bist kleinlich und grobschlächtig ... Dir fehlt es an Methode und Weitsicht. Und dann weichst du auch noch von deinem Ziel ab, um deinen vulgären Leidenschaften zu folgen. Was hattest du heute Abend Wichtiges zu tun? Du solltest im Auftrag deines Chefs ein Buch von mir stehlen. Aber Mister kümmert sich zuerst um sich selbst, geht zu den Damen, um zu kokettieren.«

Carbett war erblasst. »Mein Chef?«, stammelte er.

»Natürlich, dein Chef! Denkst du, ich weiß immer noch nicht, für wen du arbeitest, für welche mächtige Organisation? Mit deinem Chef werde ich bald sprechen, und ich werde ihm sagen, dass er ein schlechtes Händchen beim Aussuchen seiner Mitarbeiter hat ... Mach dir keine Gedanken mehr wegen des Buchs, diese Angelegenheit werde ich direkt mit ihm klären, und ich werde ihn auch bitten, dich zurück in dein Land oder sonst wo hinzuschicken.«

»Mich zurückschicken ... nur, wenn ich es will«, brummte Carbett.

»Mach dir nichts vor, du bist nur ein Lakai, ein kleines Rad in einer riesigen Maschine, deren Bedeutung du nicht einmal verstehst, wie ich sehe. Wenn ein Agent des Geheimdienstes bei einem Auftrag scheitert, zieht er bekanntlich in ein anderes Land.«

Carbett, überwältigt, entgegnete nichts mehr. Der Capitaine erhob sich und stellte sich aufrecht hin: »Ja, ich bin Lupin, ich verkünde es, und ich bin stolz darauf! Du bist besiegt, verbeuge dich.«

Er ging zu Carbett und klopfte ihm auf die Schulter: »Lass uns jetzt deine hübschen Vögel, das Meucheltrio, befreien, sie haben genug für ihre bösen Absichten bezahlt. Komm!«

Carbett gehorchte hilflos.

Als er die Tür erreichte, nahm Arsène Lupin ein Etui heraus und hielt es ihm hin: »Zigarette?«

»Nein!«, antwortete der Engländer hasserfüllt.

»Du liegst falsch, man muss Schneid haben, der fehlt dir völlig. Tief im Inneren mache ich dir keinen Vorwurf, du bist nur ein schlechter Lehrling, der mitspielen wollte, ohne Veranlagung, das Spiel lernen zu können.«

Er zündete sich eine Zigarette an und fuhr fort: »Es ist nicht nötig, einen späteren Versuch zu unternehmen, an das Buch zu gelangen: Das Original ist sicher versteckt, ich habe nur eine Kopie, die ich morgen Sir Dawson geben werde. Ich sage dir das geradeheraus, weil du so naiv bist, dass du selbst nicht darauf kommen würdest. Los, komm!«

Er führte ihn fort, und sie gingen in Richtung der Außentreppe.

14
In der Falle

Vor Tony Carbetts Ankunft hatte André de Savery Joséphin und Marie-Thérèse in sein Haus gebracht und ihnen schnell gezeigt, wie man eine genial vereinfachte Maschine bediente. Diese steuerte eine elektrisch betriebene Vorrichtung, die den Zugang zu seinem Haus schützen sollte.

Joséphin war begeistert, er stampfte mit den Füßen: »Sie werden alle drei in der Falle sitzen. Das ist wirklich famos!«

Der Capitaine beruhigte ihn: »Ich glaube wirklich, dass wir sie kriegen, mein Kleiner. Aber schnapp nicht im Vorhinein über, behalte einen kühlen Kopf und vergiss unsere moralische Disziplin nicht.«

»Bin schon ruhig, Chef. Ich muss Sie aber noch etwas fragen: Ihr Haus zeigt nicht nur zur Straßenwand. Die andere Seite führt zu den Pavillons und Gärten.«

»Ja, dort befindet sich der Haupteingang.«

»Was ist, wenn sie von dort kommen? Wenn sie die Mauer am anderen Ende überspringen und das Grundstück überqueren, weil sie auf der Hut sind vor dem Empfang, der ihnen hier möglicherweise bereitet wird? Was tue ich in diesem Fall?«

André de Savery lächelte: »Das ist nicht zu befürchten, weil es viel zu einfach für sie ist, die Tür in der Straßenwand zu nehmen. Carbett wird sie ihnen öffnen! Sie wollen keinen Einbruch riskieren. Man muss generell vorhersehen, was für den Angreifer am günstigsten ist. Aber ich bin froh, dass du auch diese Möglichkeit bedenkst; es beweist, dass du gut beobachtest und dich ernsthaft vorbereitest. Das ist also ein guter Punkt, aber sei unbesorgt, das Gerät, dessen Handhabe ich dir beigebracht habe und das du in Betrieb nimmst, sobald ich weg bin, funktioniert auf der anderen Seite des Hauses genauso wie auf dieser. Und die Abschaltvorrichtung, die ich dir in der Garage gezeigt habe, ist zweigeteilt – erinnerst du dich? Das heißt, dass du die Verbindung auf einer Seite kappen kannst, und auf der anderen läuft sie noch, verstehst du? Sie sind geliefert, wie du sagst, egal welche Taktik sie verfolgen.«

»Ah, dann bin ich erleichtert! Ich hätte daran denken müssen, Capitaine, Sie sehen alles voraus!«

Cora de Lerne, die sie begleitete, hatte die ganze Vorführung mit angesehen. Sie fragte: »André, haben Sie diese wunderbare Verteidigungsmaschine selbst erfunden?«

Er gestikulierte ausweichend: »Es war nicht sehr schwierig, ich interessiere mich schon lange für den Einsatz der Elektrizität ... Für diese Maschine hier habe ich einen Elektroingenieur gefunden, der das Wissen und die Fantasie für die technische Umsetzung hatte, sowie einen geschickten Ausführenden, das ist alles.«

Cora schüttelte den Kopf: »Immer bescheiden ...«

André protestierte: »Nein, nein, ich bin mir nur meiner eigenen Fähigkeiten genau bewusst. Um das Beste aus ihnen zu machen, muss man sie gut kennen – demnach sollte man nicht eitel sein. Nein, ich bin nur korrekt, das ist alles, und ich rühme mich nicht mit Sachen, die es nicht wert sind. Aber lassen wir das. Kommen Sie stattdessen mit in mein Arbeitszimmer, und sehen Sie sich das Buch an, das die Leute, die mir auf den Fersen sind, so interessiert.«

Sie betraten einen großen rechteckigen Raum, der ausgewogen und raffiniert eingerichtet war. Es handelte sich bekanntlich um die Sakristei einer alten, stillgelegten Kapelle. Savery hatte sie wegen ihrer Ursprünglichkeit und Helligkeit den anderen Gebäuden vorgezogen und hatte sie erstaunlich gut genutzt.

Cora bewunderte die Ausgestaltung: »Ich bin froh, bei Ihnen zu sein, André«, fügte sie hinzu. »Wenn man bedenkt, dass Sie früher nie wollten, dass ich herkomme ... Ich war enttäuscht und etwas besorgt ...«

»Das hier war nicht Ihr Platz, ich habe mir eine Freude verkniffen, um Ihren Ruf zu schützen ...«

»Sie können mir glauben, dass ich es irgendwann verstanden habe.«

André führte sie zu einer Vitrine: »Hier sind einige Gegenstände, die meinem Urahn, einem General des Kaiserreichs, gehört haben. Wie ich Ihnen bereits erklärt habe, gehört das fragliche Buch dazu: Es wurde ihm von Napoleon vermacht, in dem Testament, das er auf Sankt Helena verfasst hat.«

Er öffnete den Schrank und nahm einen kuriosen Einband heraus, in dem sich ein hektografiertes Buch verbarg. Er hielt es ihr hin: »Das sind die Bekenntnisse der Jeanne d'Arc«, erklärte er. »Sie fassen die Prinzipien der hohen englischen Politik zusammen, die die Heldin bei englischen Offizieren eingesammelt hat ... Sie haben sich seitdem nicht verändert, das muss man diesem konservativen Volk schon lassen! Deshalb sind die Herren vom Geheimdienst hinter mir her, sie wollen dieses Dokument ... das übrigens eine Kopie ist. Das Original, das mir sehr wertvoll ist, befindet sich an einem sicheren Ort.«

Cora lachte, während sie in dem Buch blätterte. Ihr Begleiter fuhr fort: »Sie werden sich fragen, warum mein Urahn dieses Dokument hatte. Diese Geschichte werde ich Ihnen ein andermal erzählen ... es wurde schließlich eine wunderschöne Liebesgeschichte daraus ... Heute Abend fehlt uns die Zeit, ich kann es kaum erwarten, Sie in Sicherheit zu wissen.«

Cora scherzte: »Wie das Buch?«

»Natürlich nicht am selben Ort, aber wie alles, das mir wichtig ist. Lassen Sie uns schnell zu meiner Amme gehen, die Sie wegbringen wird; und währenddessen werde ich den Kindern noch einige Anweisungen geben, und sie wird ihnen eine kalte Mahlzeit zubereiten ... Sie werden in meinem anderen Haus speisen ...«

»Und Sie?«

»Was meinen Sie?«

»Sie denken an das Abendessen der anderen, aber was ist mit Ihrem? ...«

»Ach, meins ist nicht so wichtig! ...«

»Es ist mir aber wichtig. Sie haben einen anstrengenden Abend vor sich, und ich bestehe darauf, dass Sie was essen ...«

»Das ist sehr liebenswürdig und ich verspreche Ihnen, dass ich ein paar Sandwiches essen werde. Ich werde sie in Ihrer Wohnung essen, während ich auf Carbett warte. Und Sie haben völlig recht: Ich glaube nicht an rastlose Menschen, die sich keine Zeit für das Abendessen nehmen.«

Er legte das Buch ind die Vitrine zurück, führte Cora in ein kleines Nebenzimmer, wo er sie seiner Haushälterin übergab, der er zugleich Anweisungen für die Zubereitung eines kleinen Imbisses gab, und kehrte dann zurück, um mit Joséphin zu sprechen.

Als dies erledigt war, ging er mit den beiden Frauen zu dem Wagen, der vor dem Hôtel de Lerne geparkt war, und ließ Joséphin und Marie-Thérèse allein.

»Was sagst du dazu, meine Gutste? Was für eine kolossale Sache, diese Maschine!«, sagte Joséphin zu seiner Schwester und schüttelte den Kopf.

»Ja, damit können die Angreifer einfach nicht rechnen!«

»Die Angreifer ... Du sprichst wie ein *roman cinéma*.«

»Lach du nur! Du hast ja keine Ahnung, dass der Capitaine dieses Wort gerade vorhin gesagt hat. Also ...«

»Nicht böse sein ... Außerdem ist jetzt nicht die Zeit für Plaudereien. Ich muss das Ding jetzt in Gang, setzen, klar? Zuerst musst du dich zurückziehen, in die Garage, wo das Essen auf uns wartet, denn wir dürfen die zweite Hälfte des Hofes nicht betreten, sobald es losgeht. Um zu dir zu gelangen, springe ich aus dem Seitenfenster des Arbeitszimmers.«

»Du hast dir gut gemerkt, welche Hebel du betätigen musst?«

»Klar, ist ganz einfach! Das hab ich in zwei Minuten erledigt, ist wie eine elektrische Schalttafel in einem Variété-Theater.«

»Wo hast du denn sowas gesehen?«

»Das Radio hat mal eine Karawane dorthin organisiert.«

Marie-Thérèse sah ihn spöttisch an: »Schlaues Bürschchen ... Sag, hast du deinen Revolver? Du erinnerst dich, dass der Capitaine gesagt hat, wir sollen sie parat haben. Ich habe meinen.«

Joséphin nickte und ordnete an: »Achtung, Rückzug! Treffpunkt Garage.« Dann verschwand er im Haus.

Ein paar Augenblicke später sprang er aus einem Seitenfenster und erreichte über einen Umweg die Garage. Marie-Thérèse, in einem Korbsessel lümmelnd, rief ihm zu: »Schon fertig?«

»Alles bereit. Ich habe sogar das Manöver wiederholt. Hast du den Lärm gar nicht gehört?«

»Vage.«

»So, das war's. Jetzt müssen wir nur noch abwarten.«

Er setzte sich ebenfalls hin und seufzte erleichtert: »Das ist schon alles irre komisch ... Komm, wir futtern jetzt was, ich habe Hunger. Du nicht?«

»Doch! Vor allem, weil wir hier so viel Proviant haben! Schau mal da auf das Brett: duftende Pastete im Teigmantel, hart gekochte Eier, Sandwiches, Weißwein, Früchte ... Ist das zu fassen? Mal was anderes als das Buffet in der Zône-Bar!«

»Schick! Dann zu Tisch! Aber lass uns nicht mehr reden, damit wir auf Geräusche achten können.«

»Gebongt.«

Sie aßen schweigend, ab und zu lachten sie gedämpft.

Eine Stunde später sprang Joséphin auf: »Ein Auto hält an«, murmelte er, »sie sind es bestimmt. Hände in die Taschen und den Finger auf den Abzug! Achtung!«

Tatsächlich hatte Tony Carbett einen Schlüssel, mit dem er die Tür, die zur Straße führte, öffnete und das Meucheltrio hereinließ. Er wies auf Capitaine de Saverys Haus und ging selbst durch die Gärten an der Rückseite des Hauptgebäudes entlang.

Von der Garage aus beobachteten die Kinder alles. Sie sahen Double-Turc, der mit breiten Schultern in gemächlichem Tempo in der Mitte des gepflasterten Hofes ging. Fouinard und Pousse-Café folgten ihm.

Joséphin stupste seine Schwester an, und sie zwinkerten sich zu.

Der Hof, der zu dem Gebäude führte, in dem Savery wohnte, war auf originelle und harmonische Weise angelegt worden: Er war nicht quadratisch, sondern rund, und das Steinmosaik, das ihn bedeckte, war in zwei konzentrische Bänder unterschiedlicher Farbe und Breite unterteilt. Sie umgaben einen Kreis, in dessen Mitte ein kleines flaches Becken schimmerte, aus dem ein Wasserstrahl sprudelte. Um diesen kreisförmigen Hof herum erhob sich eine Mauer aus getöntem Strohlehm. Sie rahmte ihn nicht völlig ein, am Eingang standen zierliche Säulen und am Ende eine Art Pergola, auf der Kletterrosen wuchsen.

Das Meucheltrio ging um das Becken herum und trat auf den ersten Streifen; er war blau und ziemlich schmal. Dann setzte Double-Turc, immer in der Vorhut, seinen Fuß auf den zweiten Streifen, der rosa und breiter war. Ein unerwartetes Geräusch schreckte ihn auf, ein unheimliches, knirschendes Geräusch, und der Steinstreifen setzte sich in Bewegung. Er drehte sich wie eine fahrende Bühne, aber mit einer beträchtlichen Geschwindigkeit, und zog den verwirrten Halunken mit sich. In wenigen Sekunden wurde er durch diese drehende Bewegung gegen die Hofwand geschleudert, aus unsichtbaren Rillen in der Wand schossen starke Stahlklammern heraus und umfingen seine Arme, seine Brust und seine Beine.

Er schrie abscheuliche Beleidigungen, aber trotz seiner herkulischen Kraft konnte er nicht dagegen ankämpfen, die Umklammerung war gnadenlos und machte ihn bewegungsunfähig.

Bei diesem Anblick blieben seine beiden Kameraden, starr vor Schreck, auf dem ersten blauen Steinstreifen stehen, den sie erreicht hatten. Aber sie hatten keine Zeit, sich zurückzuziehen und zu fliehen. Kaum hatten die Klammern, die Double-Turc gefesselt hatten, ihre Arbeit getan, spürte Fouinard, der sich auf der rechten Seite des Hofes befand, panisch, dass sich das, was er für ein kompaktes Material hielt, unter seinen Füßen bewegte. Ein Querstück des Steinbodens fing an zu gleiten, es glitt schwindelerregend und zog ihn unwiderstehlich in Richtung des rosa Bandes, des Höllenbandes, das Double-Turc besiegt hatte.

Als er sich gegen seinen Willen auf dem rosafarbenen Band befand, setzte es sich wieder in Gang, und auch er wurde von Stahlklammern eingefangen und wie seïn Kamerad an der Wand fixiert.

Pousse-Café blieb erschrocken auf dem blauen Streifen stehen und wagte es nicht, sich zu rühren. Er hatte nur einen Wunsch: Um jeden Preis dem Schicksal der beiden anderen zu entgehen. Er hatte links von Fouinard gestanden und dachte, sorgfältig vermeiden zu müssen, auf die tückische Rutschbahn zu geraten, deren genaue Stelle er jetzt zu kennen glaubte. Also hielt er es für klug, so weit wie möglich nach links zu gehen. Leider begann sich aber auch hier der Boden zu bewegen, und auch er kam auf den gefürchteten rosa Streifen. Diesmal drehte sich das Karussell in die andere Richtung, die Klammern kamen aus der linken Wand, und der unglückliche Pousse-Café wurde gegenüber von seinen Gefährten eingeklemmt.

»Reisende des fahrenden Gehsteigs, fünf Minuten Halt, Essenspause!«, rief Joséphin spöttisch.

Er und seine Schwester waren aus ihrem Refugium gekommen und hatten, die Revolver in der Hand, die Aktion mitverfolgt.

»Bleib da«, sagte Joséphin, »ich gehe hierum und halte die Maschine an, damit wir nicht selbst erwischt werden, denn wir müssen zu ihnen gehen, um sie zu durchsuchen. Warte auf mich. Die andere Seite des Hauses lasse ich so, man weiß ja nie, ob nicht noch einer kommt ...«

»Du springst also wieder aus dem Fenster ins Arbeitszimmer?«

»Nein, in der Garage befindet sich alles, um die Maschine anzuhalten, der Capitaine hat es mir gezeigt. Keine Sorge.«

Er ging in die Garage, kam sofort wieder heraus und die beiden gingen auf Double-Turc zu. Als Marie-Thérèse auf den beweglichen Streifen trat, schreckte sie zurück: »Ich habe Angst, was ist, wenn er sich bewegt?«

»Sei nicht dumm. In diesem Hof ist alles angehalten. Außerdem weißt du doch genau, dass in der ersten Hälfte nie eine Gefahr besteht, gerade um diejenigen in Sicherheit zu wiegen, die man fangen will; erst hinter dem Becken beginnt der elektrische Effekt. Los, weiter, Angsthase, du musst mir helfen.«

Double-Turc sah sie kommen, und in seinem zähen Hirn stieg eine abergläubische Angst auf beim Anblick dieser Kinder, die ungehindert über den Hof schritten, der für ihn und seine Komplizen eine so fruchtbare Falle gewesen war.

Joséphin erriet seine Gedanken. »Das erstaunt dich, was?«, sagte er zum Riesen. »Uns passiert nichts, denn wir sind gut. Hier werden nur die Bösen bestraft. Warum wolltest du Schaden anrichten? Schau, wie weit du gekommen bist! Und die Bezahlung, die kannst du auch vergessen, würde ich mal sagen!«

Double-Turc stammelte eine undeutliche Antwort. Er blinzelte schwach, als Marie-Thérèse ihren Revolver auf ihn richtete. Joséphin beruhigte ihn: »Wir werden dir nichts tun. Es ist nur eine Vorsichtsmaßnahme, bis wir deine Taschen leeren.«

Während er dies sagte, durchsuchte er Double-Turcs Hosentaschen, aus denen er einen Revolver und zwei Messer herausholte.

»Immer dieser Dreckskram!«, kritisierte Joséphin. »Ist das alles?«

»Das ist alles.«

»Und die Knebel?«

»In meiner Jacke.«

Joséphin fand sie, indem er seine Hand unter die Metallklammern steckte, die den Halunken zur Machtlosigkeit verdammt hatten. Er scherzte: »Dünne Ausbeute! Und die Seile?«

»Die hat der Chef.«

»Fouinard?«

»Ja! Warum sollte ich jetzt noch lügen? Ich habe nichts mehr.

Ich würde gerne hier raus, es ist so eng, ich bin so müde. Was wird danach mit mir geschehen?«

»Nichts. Wir befreien dich, wenn du genug Zeit hattest, zu begreifen, dass du nie wieder herkommen sollst.«

»Dazu besteht keinerlei Gefahr. Ich habe verstanden!«

»Sehr gut, sei weise, hab Geduld, meditiere, fasse gute Vorsätze. Wir werden euch zudecken, die Nächte sind kühl, und Capitaine Cocorico, den ihr angegriffen habt, will nicht, dass der Sünder stirbt: Er hat uns geraten, dafür zu sorgen, dass ihr euch nicht erkältet. Glaubst du, der Capitaine hat ein Herz? Also, auf Wiedersehen und viel Glück! Du bist eher dumm als böse!«

Die beiden Kinder gingen zu Fouinard, um die gleiche Aktion durchzuführen.

»Die Seile«, befahl Joséphin, »sag uns, wo die Seile sind.«

»Linke Tasche, mein Prinz.«

Joséphin holte sie hervor, ebenso wie einen Revolver und ein Messer aus Fouinards rechter Tasche.

»Sieh einer an, wie die Rotznase einen auf Detektiv macht!«, spottete Fouinard wütend. Er versuchte, indem er seinen nicht festgeklemmten Kopf nach vorne zischen ließ, Joséphin zu beißen, aber es gelang ihm nicht.

»Scheusal!«, rief Joséphin. »Das ist der Gefährlichste von allen! Du hättest es verdient, dass man auf dich schießt, aber du bist die Mühe nicht wert! Auf zum Nächsten«, fügte er hinzu, als er Pousse-Café erreichte.

Dieser hatte nur einen Revolver bei sich; Joséphin nahm ihn ihm ab und bemerkte: »Sieht nicht so aus, als hättest du vorgehabt, dich krummzuarbeiten.«

»Ich werde nicht gerne müde«, sagte Pousse-Café. Dann lächelte er Marie-Thérèse an und fügte hinzu: »Es gibt kleine Hühner, die nicht einmal so gepfeffert sind wie Mademoiselle, die genug arbeiten, sodass meine Wenigkeit es nicht muss! Stets zu Diensten, meine Hübsche. Wenn dir dieser Beruf eines Tages zusagt, kümmere ich mich um dich ...«

»Halt die Klappe!«, rief Joséphin wütend. »Sonst wirst du teuer bezahlen!«

»Schon gut, schon gut ... Klappe zu, Affe tot. Reg dich nicht auf, du hast den Witz nicht verstanden ... Ich wollte nur das schöne Geschlecht ehren und die Stimmung ein bisschen auflockern. So wie ich hier hänge, ist das alles nicht so lustig ...«

»Na dann! Bespaße dich doch allein, wenn dir danach ist, wir lassen dich in Ruhe!«

Die beiden Kinder gingen weg und holten, wie Joséphin es angekündigt hatte, Decken, die sie in Schulterhöhe über die Gefangenen im Metallapparat warfen.

Gerade als sie zu ihren Plätzen zurückkehren wollten, ertönte ein knarrendes Geräusch, ein Geräusch, das dem ähnelte, das die Steinplatte gemacht hatte, als sie sich bewegt hatte. Joséphin sagte besorgt: »Wird jetzt auf der anderen Seite ein weiteres Biest eingefangen? Ich werde mal nachsehen. Bleib du hier und überwache diese Schurken.«

Er kam nach langer Zeit zurück und lachte: »Das war's, es gibt noch einen vierten, das ist zum Schreien komisch! Und stell dir vor, es ist der Tommy aus dem Auto!«

»Der Tommy aus dem Auto?«

»Ja, nicht der aus der Kneipe, sondern der, der im Auto geblieben ist, weil er anscheinend wichtiger ist als der andere.«

»Mannomann, und was machen wir jetzt?«

»Hmm ... nichts ... was sollen wir denn machen? Wir warten ... Das ist mir ein bisschen unangenehm, der ist richtig schick, der andere, ich traue mich nicht, ihn zu durchsuchen. Bleiben wir ruhig, bis der Capitaine kommt.«

Marie-Thérèse erkundigte sich neugierig: »Wie ist es auf der anderen Seite?«

»Oh, eine schöne Außentreppe, Blumen, aber der gleiche runde Hof wie hier, die gleiche Hofwand mit Durchbrüchen, mit Säulen und Rosen; ein Kreis, ein Becken, zwei Bänder drum herum, eins blau, eins rosa und Stahlklammern, die einen an der Wand befestigen, wenn man hinter dem Becken auf die Bänder tritt. Ein wahrer Zirkus!«

»Hat sich der Engländer beschwert?«

»Der? Nie und nimmer! Der kann einstecken. Muss man ihm lassen! Er hat sogar gelacht, als ich ihn darauf hingewiesen habe, dass ihn die Klammern nicht beschmutzen können, weil sie verchromt und rostfrei sind.«

»Du bist ja frech!«

»Himmel, nein, er hat so einen schönen hellen Anzug an, ich wollte nur ein bisschen freundlich sein.«

»Bringst du ihm auch eine Decke?«

»Gleich. Ich schalte dann auch den Apparat für diesen Hof aus.«

»Aber wenn wir gar nicht hingehen, musst du das gar nicht.«

»Doch, Dummerchen. Zunächst, weil ich zu ihm hingehen muss, um ihm die Decke überzuwerfen; und dann muss der Capitaine sicherlich mit ihm reden.«

»Stimmt, daran habe ich nicht gedacht. Mir wäre es lieb, der Capitaine käme bald!«

Marie-Thérèses Wunsch ging alsbald in Erfüllung: André de Savery gesellte sich zu den Kindern; er wurde von Tony Carbett begleitet, den der beklagenswerte Anblick seiner Komplizen fassungslos machte. Das Meucheltrio war beinahe eingeschlafen vor Müdigkeit und Angst, lächerlich unter einer Decke hängend, die den komplizierten Apparat der Haken und Klammern bedeckte, in dem sie steckten.

Savery zeigte auf sie und sagte zu Carbett: »Und, was sagst du? Freust du dich, dass wir deine Freunde für dich aufbewahrt haben? Wenn du meinen Spielapparat ausprobieren willst, es gibt noch drei Plätze. Es ist ein ganz bezauberndes Spiel.«

Zu den armen Teufeln rief er: »Geht's euch gut? Ist euch nicht zu kalt? Ihr seid gekommen, um zu fesseln, ihr wurdet gefesselt: Plane nicht, anderen etwas anzutun, wenn du nicht willst, dass es dir angetan wird. Ich werde euch losmachen, unter der Bedingung, dass ich euch nie wieder sehe: Ihr wisst nun, wie ich mich verteidige, vergesst es nicht!«

Joséphin unterbrach ihn zaghaft: »Chef, da ist noch einer!«

»Ah, auf der anderen Seite, nicht wahr? Ich habe es erwartet ...«

»Ich habe ihn erkannt, es ist der Tommy aus dem Auto. Ich war eingeschüchtert. Den habe ich nicht durchsucht ... Sind Sie sauer?«

»Das hast du sehr gut gemacht, mein Junge, wie immer.«

»Die Maschine ist jetzt überall angehalten. Man kann beide Höfe betreten.«

»Danke. Ich gehe in den anderen Hof. Joséphin, öffne die Klammern, lass die Gefangenen frei. Carbett, nimm deine Männer und: Auf Nimmerwiedersehen.«

Als er zu dem vierten Gefangenen kam, dem »Tommy aus dem Auto«, schüttelte sich dieser gerade, nachdem er aus der schrecklichen Umklammerung befreit worden war.

André de Savery ging zu ihm. »Oh, ich bitte um Verzeihung, Sir Dawson, es tut mir leid! ... Meine Feinde sind zu gefährlich, deshalb muss ich bestimmte Vorkehrungen an meinem Haus treffen. Sie hätten nach einem Termin fragen sollen! Aber ich verstehe schon, Sie sind zweifellos ein Bibliophiler, der dem Wunsch nicht widerstehen konnte, meine seltenen Bücher spontan zu bewundern.«

Der Engländer blickte ihn schräg an und sagte nur: »Gut gemacht! Ich habe kein Recht, mich zu beschweren.«

»Ihr makellos geschnittener beiger Anzug ist nicht zu zerknittert?«

»Keine Witze mehr, seien Sie nachsichtig! Der Schlag war hart. Ich bin kaputt, ich gehe schlafen.«

Savery streckte ihm die Hand entgegen und Dawson sagte: »Bewundernswert, diese Maschine, ich habe mich beim Warten gefragt, wie das Ganze funktioniert ... es hat mich wirklich beschäftigt. Sie sind ein sehr außergewöhnlicher Mann. Ich denke, wir werden uns verstehen. Darf ich Sie morgen früh um neun besuchen? Ohne gefangen zu werden ...«

»Ja, natürlich, morgen früh um neun Uhr«, erwiderte André de Savery lachend. »Gute Nacht!«

»Gute Nacht.«

Sir Dawson entfernte sich.

André de Savery blieb allein zurück, verträumt und amüsiert; dann ging er zu den Kindern und überlegte, wo er sie unterbringen konnte, um ihnen den Weg nach Pantin, mitten in der Nacht, zu ersparen.

15
Von Angesicht zu Angesicht

»Bonjour. Bin ich pünktlich?«

»Die Uhr schlägt neun.«

Nach dem Händeschütteln ließ André de Savery am nächsten Morgen Donald Dawson in sein Wohnzimmer eintreten.

Der Engländer war ganz entspannt und setzte sich auf den Stuhl, den Savery ihm zuwies.

»Mein Lieber«, rief er aus, »Ihr reizender Hof ist bei Tag einladender als bei Nacht!«

»Nochmals Entschuldigung«, sagte Savery. »Das war nicht für Sie gedacht!«

»Schon vergessen, ich bin nicht nachtragend. Ich erinnere mich nur noch daran, diesen wunderbaren Apparat entdeckt zu haben, dessen Baupläne ich gerne hätte.«

»Na klar«, spottete Savery, »Pläne sind Ihnen ja vertraut!«

»Was meinen Sie mit ›vertraut‹?«

»Ich meine, es reiht sich gut in Ihre Art von Aktivitäten ein, Sir Dawson. Denn ich kann mir nicht verzeihen, dass ich Sie so lange für einen extravaganten Mann von Welt gehalten habe. In dieser Hinsicht haben Sie mich offen gesagt geschlagen! Aber heute sehe ich endlich klarer, und wenn Sie wollen, legen wir die Karten offen auf den Tisch und verlieren keine Zeit mehr mit Tricks ...«

»Es ist eine wahre Freude, mit Ihnen Geschäfte zu machen! Wir schätzen beide die Direktheit, das ist so viel einfacher und effizienter.«

»Ich möchte Sie sinnvollerweise darauf hinweisen, Sir Dawson, dass wir nicht im Geschäft sind und auch keinen gemeinsamen Handel eingehen werden.«

Der Engländer wurde zurückhaltender und brummte: »Ah, ah!« Dann fragte er beinahe naiv: »Worum handelt es sich dann?«

André de Savery dominierte ihn in Körpergröße und Vehemenz: »Das ist ja allerhand! Es läge ja wohl an mir, Sie danach zu fragen! Sie sind gestern Abend unangemeldet zu mir nach Hause gekommen, mit der offensichtlichen Absicht, ein Dokument zu stehlen, das Sie interessiert – leugnen Sie es nicht, ich bin nicht von gestern und sehr gut informiert. Da Sie in eine Falle gegangen, und, ich muss es zugeben, ein guter Verlierer sind, haben Sie den Wunsch geäußert, dass ich Sie heute empfange. Und jetzt wagen Sie es, mich fast vorwurfsvoll zu fragen, worum es sich handelt? Sie gehen zu weit! Außerdem ist das nicht die beste Art, ein vertrauliches Gespräch anzufangen. Überdenken Sie Ihren Ton!«

Donald Dawson machte einen Rückzieher. Er korrigierte sich: »Erzürnen Sie sich nicht. Ich habe mich unpassend ausgedrückt; wissen Sie, ich kenne nicht alle Feinheiten des Französischen, auch wenn ich Ihre Sprache gut beherrsche.«

André de Savery konterte: »Mag sein, dass Sie die Feinheiten des Französischen nicht besonders gut kennen, aber was die Feinheiten der Franzosen angeht, so kennen sie diese ganz sicher überhaupt nicht: In diesem Punkt müssen Sie geschult werden …«

»Sehr gerne. Aber wollen wir dieses Gespräch, das so freundschaftlich begonnen hat, nicht an seinem Ausgangspunkt wieder aufnehmen? Sie sagten: ›Legen wir die Karten auf den Tisch, ohne Zeit für Tricks zu verschwenden.‹ Möchten Sie darauf zurückkommen?«

»Gerne. Legen wir unsere wahren Identitäten auf den Tisch, Sir Dawson, das wäre klarer und würdiger für Männer wie uns. Sie wissen sicherlich, dass André de Savery nur eine vorübergehende administrative Identität für mich ist, so wie ich mittlerweile weiß, welcher Beschäftigung Sie tatsächlich nachgehen.«

Er stand auf und erklärte feierlich: »Ich bin Arsène Lupin ... Und Sie sind ein ranghoher Mitarbeiter des Intelligence Service.«

»Der Chef!«, antwortete Donald Dawson schlicht und ohne erkennbare Regung.

»Na also, ist es so nicht viel besser?«, nahm Lupin den Faden wieder auf. »Hier stehen wir uns unmissverständlich gegenüber. Warum haben Sie diese direkte Methode nicht angewandt, um an das Buch zu kommen? Stattdessen wurden Sie in meiner hübschen kleinen Maschine gefangen. Sie hätten mir sagen sollen, dass Sie dieses Buch haben wollen! Ich hätte es Ihnen gerne gegeben.«

»Das würden Sie tun?«

»Ich bin dazu bereit, ja. Aber ein kleines Detail muss ich klarstellen: Glauben Sie, ich wäre so leichtsinnig, das Originalbuch, das Kaiser Napoleon I. meinem Ururgroßvater General Lupin, einem tapferen Mann, den ich gerne gekannt hätte, von Sankt Helena aus zuschicken ließ, in jedermanns Reichweite aufzubewahren? Nein. Diese Ausgabe befindet sich an einem einbruchsicheren Ort, und ich würde sie nicht, ohne jede historische Anspielung, für ein Königreich hergeben: Ich hänge an meinen Familienerinnerungen. Das Exemplar in der Vitrine, das Sie erkunden wollten, gehört Ihnen, wenn Ihre Regierung es akzeptiert. Gewiss, ihm fehlt der Glanz eines Objekts, das von den erhabenen Händen des großen Korsen berührt wurde ... Aber ich bezweifle, dass Sie für diesen Blickwinkel empfänglich sind ... In jedem Fall ist es eine bewundernswerte Arbeit. Kunsthandwerklich ist der Einband dem Original sehr ähnlich, und der Text hat seine Integrität behalten. Die Frage ist: Will England dieses Buch, um seinen Inhalt zu kennen, oder damit es nicht von fremden Augen gelesen wird. Ich möchte hinzufügen, dass Sie beruhigt sein können, wenn die zweite Hypothese zutrifft: Ich werde Jeanne d'Arcs Bekenntnisse meinem Volk vermachen, mit der Auflage, dass sie niemals ihr Versteck verlassen dürfen. Und ich gehe davon aus, dass Ihr stets hartnäckiges Land seine Ermittlungen einstellt und meine Familie nicht verfolgt.«

Er ging zu einer Vitrine, öffnete sie, nahm ein Buch heraus und hielt es Sir Dawson mit den Worten hin: »Möchten Sie es haben? Ich habe noch weitere Kopien an anderen Orten, ich habe viele Verstecke ... Blättern Sie es durch, Sie werden einige interessante Leitlinien darin finden, die Ihnen von anderer Stelle bekannt sind, so etwa diese.«

Mit Nachdruck las er:

>*Wer die ganze Erde hat, hat alles Gold.*
Wer das ganze Gold hat, hat die ganze Erde.
Wir müssen England zum Kap führen.
Das ganze südliche Afrika, wir müssen es haben.«

Sir Dawson streckte seine Hand aus. Er war stark errötet. »Ich akzeptiere dieses Buch, danke«, sagte er heiser. »Im Gegenzug gebe ich Ihnen, was Sie verlangen.«

»Oh, das ist nicht viel! Und außerdem lasse ich mich nicht davon leiten, sondern nur von dem Wunsch, entgegenkommend zu sein. Eine Sache gäbe es da, die mir gut gefiele – und zwar, dass Carbett verschwände. Schicken Sie ihn irgendwohin, aber bitte schaffen Sie ihn mir vom Hals! Er wird für

Sie in Paris kein Verlust sein, er ist ein lausiger Mitarbeiter, ein mittelmäßiger Agent, der Ihre Geschäfte gefährdet, indem er seine eigenen verfolgt. Es geht ja sogar so weit, dass selbst Sie ihm nicht trauen, da Sie persönlich zu meinem Haus gekommen sind, um das Buch zu holen, obwohl Sie ihn damit beauftragt hatten. Er hat immer entgegen den Anweisungen gehandelt. Er hat den Prinzen von Oxford verraten, indem er Mademoiselle de Lerne den Hof gemacht hat. Er ist ein schäbiger Mensch ... unnötig arglistig. Und dann ist er auch noch hässlich.«

Sir Dawson lächelte: »Das stimmt. Morgen wird er auf eine weit entfernte Mission geschickt.«

»Eine bewachte Mission?«

»Selbstverständlich. Ach, Lupin! Wie unglaublich Sie nur sind! Wenn ein Genie wie Sie sich bereit erklären würde, mit uns zusammenzuarbeiten, wäre das eine wahre Freude für mich. Ich fühle mich so einsam!«

»Aber Sie haben doch William Lodge ...«

»Pah! Er ist ein Kind! Ein charmanter Assistent, ein reizender Freund, aber ... keine Initiative, wenig Möglichkeiten, kein Format. Während Sie ...«

Lupin hatte sich hingesetzt. Er dachte nach: »Entschuldigen Sie, aber aus welchem Grund sollte ich das tun?«, fragte er. »Fürs Geld? Was für eine hässliche Motivation! Und außerdem brauche ich es nicht, ich habe zu viel davon ... Dem Geld bin ich eine Zeit lang gefolgt, in anderen Etappen meines Lebens, das war damals notwendig ... Aber das ist nun vorbei! Gestern habe ich sogar einen großen Teil meines Vermögens an einen Wissenschaftler gespendet, für Forschungszwecke, die der Menschheit dienen werden. Wenn ich anschließend nicht mehr genug habe, um meine Arbeit in Pantin fortzusetzen, werde ich leicht wieder welches finden; es ist so viel überflüssiges

Geld im Umlauf, und ich habe ein gutes Händchen dafür, es mir leicht und ohne zu zögern anzueignen! Ich wüsste also nicht, was mich motivieren könnte, mich Ihnen anzuschließen.«

»Der Spaß an der *action*, die Lust am Risiko und am Erfolg ... Das genügt für eine Natur wie die Ihre!«

»Da irren Sie sich. Heutzutage sind meine Ambitionen höher, meine Ansichten uneigennütziger. Für mich muss ein Kampf einen Wert von allgemeinem Interesse haben und ritterlichen Idealen folgen – und Ihre Gewohnheiten sind allzu weit davon entfernt.«

»Wir sind höflich!«

»Ja, aber Sie sind skrupellos!«

»Ich werde nicht zulassen, dass Sie ...«

»Lassen Sie mich fortfahren, wir wollen die Dinge mit einem kühlen Kopf analysieren. Ich muss Ihnen unmissverständlich antworten können, Sir Dawson. Sie persönlich mag ich, und ich hätte mir vorstellen können, an Ihrer Seite zu sein. Aber ich mag Ihre Organisation nicht.«

»Wenn Sie nur wüssten, wie spannend die Zweikämpfe sind, die sie ermöglicht!«

»Das mag sein. Ich finde jedoch, dass es ihnen an Schönheit mangelt.«

»Diese Meinung überrascht mich, mein lieber Lupin. Sie müssen sehr schlecht über uns informiert sein. Sie beurteilen uns auf der Basis von verachtenswertem Klatsch ...«

»Nein! Die Gerüchte lasse ich beiseite und stütze mich nur auf Fakten aus der internationalen Politik. Seit Jahren hat der Intelligence Service seine Finger im Spiel, und zwar so, dass ich um nichts in der Welt einer der Ihren sein möchte.«

»Können Sie das präzisieren?«

»Sicher. Zunächst waren Ihre verschiedenen internationalen

Büros ein Werkzeug der Propaganda. Aber sehr schnell sind sie von diesem Zweck abgewichen und wurden zu Instrumenten der Vormachtstellung.«

»Das ist legitim, scheint mir, wenn man sein Land liebt ...«

»Sicher! Nur ist Ihr Land nicht das meine, und es kann sogar unter bestimmten Umständen sein, dass es konträre Absichten und Ambitionen zu denen meines Landes hat.«

»Der Erste Weltkrieg hat uns verbündet!«

»Reine momentane Notwendigkeit ... aber verlassen wir den Gesichtspunkt des Patriotismus und betrachten die Arbeit Ihrer Organisation von einer höheren Ebene aus. Nichts hält Sie und Ihre Leute auf und Sie zögern nie zu töten: Wenn Sie das Handeln eines Menschen stört oder einfach nur beunruhigt, lassen Sie ihn eliminieren, das weiß man, das sieht man; das ist oberflächlich und brutal. Und ich verabscheue den Tod. Töten ist ein Extrem, für das ich mich nie entscheide. Und schließlich verwirrt und verkompliziert Ihre Organisation die Dinge zu sehr, das betrifft alle Angelegenheiten des Nahen Ostens und ihr diplomatisches Handeln der letzten Jahre. Selbst in den kleinsten Angelegenheiten neigen Sie zum Taktieren ... Etwa was den Prinzen von Oxford angeht. In Ihrer Haltung bezüglich seiner möglichen Heirat haben Sie nicht aufgehört, sich widersprüchlich zu verhalten.«

»Der Prinz von Oxford ist ein Cousin unseres Königs. Ich sehe nicht ...«

»Eben! Sie wissen, dass er nach der Krone strebt, und hindern ihn unsichtbar daran; Sie tun so, als würden Sie seiner Verbindung mit Mademoiselle de Lerne zustimmen, weil sie eine ansehnliche Mitgift erhalten soll; gleichzeitig haben Sie den Diebstahl der Säcke mit dieser Mitgift eingefädelt oder gefördert, denn Sie werden mir nicht erzählen, dass Säcke einfach so aus den Flugzeugen der Bank of England fallen! Und wenn ich nicht aufgepasst hätte ... Das ist alles wirklich schäbig, ein ständiges Auf und Ab.«

»Das ist nur Beiwerk. Gewichten Sie Kleinigkeiten nicht so stark, mein lieber Lupin. Die internen Regelungen bezüglich der Krone sind nicht in Stein gemeißelt. Sie könnten sogar der Begünstigte sein, wenn Sie es wollten ...«

»Ich?«

»Ja, natürlich. Ich verrate keine Geheimnisse, wenn ich sage, dass Sie Cora de Lerne lieben.«

Arsène Lupin unterbrach ihn barsch: »Um meine intimen Gefühle geht es hier nicht!«

»Na, na! Ich habe Sie und Cora lange genug beobachtet, um mir bei Ihnen beiden sicher zu sein. Cora liebt Edmond von Oxford nicht, sie liebt Sie ...«

»Hören Sie mit diesem Spiel auf, ich bitte Sie!«

Doch trotz des gequälten Gesichtsausdrucks seines Gesprächspartners fuhr Sir Dawson fort: »Warum wollen Sie, dass sie ihn heiratet? Damit sie eine Chance hat, die Krone zu tragen? Sie opfern sich auf! Nehmen Sie stattdessen seinen Platz ein, wir werden Ihnen helfen. Heiraten Sie Cora. Wie Carbett so schön sagt – dessen Worte und Taten wir genau kennen, glauben Sie mir –, es mangelt nicht an Königreichen: Sie wären ein sehr geeigneter pro-englischer König in irgendeinem Land im Nahen Osten, und Sie würden durch Cora regieren. England ernennt so viele Königreiche und löst so viele auf ...«

»Unsinn! Was wäre das für ein Schicksal für eine junge Frau, Arsène Lupin zu heiraten!«

»Das erscheint Ihnen nicht verlockend? Schade! Ich dachte, Sie wären moderner!«

»Arsène ist nicht das, was Sie denken! Er ist altruistisch, während Sie nur egoistisch sind. Sehen Sie, ich bin genau das Gegenteil des Intelligence Service: Ich bin ein Gauner, der sich wie ein Gentleman verhält, und Ihre Agenten, die besten, sind Gentlemen, die sich wie Gauner verhalten.«

»Über diese Bemerkung sollte ich mich ärgern, aber ich tue es nicht, denn Sie verfügen über Esprit und Ungeniertheit! Kurz und gut, kommen wir zu einem Ende. Sie lehnen mein Angebot ab?«

»Kategorisch. Das Ziel Ihrer Politik ist es, Kriege zu entfesseln, überall. Und ich träume meinerseits nur noch davon, mitzuhelfen, den universellen Frieden herzustellen. Das ist mein einziges Ziel für die Zukunft. Frieden ist möglich, und er stützt sich nicht nur auf Worte. Eines Tages muss er überall herrschen. Dazu möchte ich beitragen und nicht die Vorherrschaft Ihres Landes vorantreiben.«

Sir Dawson stand auf. Er fragte kurz: »Also sind wir Feinde?«

»Warum? Wir gehen verschiedene Wege, das ist alles.«

»Ihnen ist bewusst, dass ich Sie, wenn ich eines Tages auf Sie treffe, weil Sie einen unserer Pläne durchkreuzen, eliminieren lassen muss – wie sehr ich es auch bedauern werde, einen so klugen Gegner zu vernichten. Und ich werde tief bestürzt sein, denn ich schätze Sie sehr, mein lieber Lupin.«

»Das beruht auf Gegenseitigkeit, mein lieber Dawson. Sie müssen nicht befürchten, auf meinen Befehl hin getötet zu werden: Ich eliminiere nicht, ich trete beiseite, das scheint mir die feinere Fechtkunst. Das ist der Unterschied zwischen uns. Wenn Sie eines Tages das Werk der Welterneuerung betrachten werden, werden Sie es nicht verstehen. Aber ich gebe zu, es würde mich reizen, einen Gegner wie Sie zu bekämpfen. Normalerweise gewinne ich alle meine Schlachten, wie mein Vorfahr General Lupin. So werde ich auch die Schlacht um den Frieden nicht verlieren!«

Sir Dawson machte ein skeptisches Gesicht: »Vielleicht ...« Dann streckte er die Hand aus und sagte: »Leben Sie wohl, hoffe ich ... Sonst, auf Wiedersehen ...«

»Auf Wiedersehen, denke ich.«

Gerade als er bei der Tür angekommen war, rief Arsène Lupin ihn zurück: »Ich habe etwas vergessen ... Sie haben den Wunsch geäußert, die Pläne und Formeln meines sich drehenden Hofes zu bekommen. Er ist harmlos, also möchte ich sie Ihnen geben ... das ist das Mindeste, was ich tun kann ... um Sie zu trösten, dass Sie ihm zum Opfer gefallen sind ...«

Er griff in eine Schublade und zog ein dickes Papierbündel heraus: »Hier!«

Donald Dawson nahm es sichtbar erfreut entgegen und sagte: »Danke! Sie sind wirklich ein Gentleman. Schade, dass es Ihnen an Realismus fehlt!«

Als er ihn zum Ausgang begleitete, antwortete Arsène Lupin mit gehobenem Finger: »Der Idealismus ist so viel schöner!«

Und sie gingen lächelnd auseinander.

16
Was Frau will

Nachdem Sir Dawson gegangen war, stand Lupin einen Moment lang mit starrem Blick da, dann schüttelte er den Kopf und sagte beinahe laut: »Die Liebe ...«

Dann machte er eine vage Geste, als wollte er einen verlockenden Gedanken vertreiben, und begann, im Zimmer auf und ab zu gehen. Er schaute auf seine Uhr, zog Schubladen auf und schob sie wieder zu, betrachtete sich lange im Spiegel und glättete sein Haar mit der Hand. Dann nahm er seinen Hut und verließ das Haus. Der Chauffeur wartete, wie vereinbart, vor dem Hôtel de Lerne auf ihn. Lupin gab ihm eine Adresse und stieg ein. Als er vor einem hohen Gebäude ausstieg, nachdem er mit dem Fahrer vereinbart hatte, um welche Uhrzeit er ihn am Nachmittag an derselben Stelle abholen sollte, eilte er eine schmale Treppe hinauf und läutete in einem bestimmten Rhythmus an der einzigen Tür auf dem Gang. Sein Herz schlug wie wild.

Schritte ertönten. Eine Stimme fragte: »Wer ist da?«

»Ich bin's ... Alles in Ordnung.«

Die Tür öffnete sich und eine alte Frau mit einer weißen Haube erschien.

Lupin klopfte ihr zärtlich auf die Schulter: »Bonjour, Amme. Irgendwelche Schwierigkeiten?«

»Nein. Gott sei Dank!«

»Die Demoiselle ist hier?«

»In der Bibliothek, mein lieber Engel. Ich glaube, sie erwartet dich schon ungeduldig.«

Freudig betrat er ein charmantes kleines Zimmer, dessen Wände vollkommen mit Büchern ausgekleidet waren. Cora begrüßte ihn im Stehen und strahlte in einem herrlichen Licht. Sie streckte ihm beide Hände entgegen: »Endlich!«

»Es ist noch nicht Mittag ...«

»Ich weiß, aber ich war so besorgt.«

»Dabei hatte ich Sie doch inständig gebeten, Ruhe zu bewahren.«

»Wie hätte ich die Ruhe bewahren können, wenn ich Sie in Gefahr wähnte? Ich war aber ganz brav. Und, ich schäme mich, es zu sagen, ich habe wunderbar gegessen und geschlafen. Ihre Amme ist eine erstaunliche Köchin, und es ist so friedlich hier, so heiter! ...«

»Ja, nicht wahr? Mein Asyl ist sehr angenehm. Hierhin ziehe ich mich zurück, wenn ich ausführlich nachdenken muss ... oder wenn ich für eine Weile untertauchen muss ... Das Haus hat zwei Ausgänge, einen, durch den man es normalerweise betritt, und einen anderen in der Parallelstraße. Das kann gelegentlich ganz praktisch sein.«

Sie seufzte: »Immer Komplikationen, immer Geheimnisse! Werden Sie nie ein normales Leben führen?«

»Einiges von dem, was man als ›normales‹ Leben bezeichnet, würde mich zu Tode langweilen. Und Sie auch, geben Sie es zu.«

Sie lachten und setzten sich hin. Dann stellte Cora nachdenklich fest: »Und dennoch ... Wenn wir so zusammen sind und friedlich miteinander reden, scheint es mir, dass Sie ein gewöhnlicher Mensch sind, der in der Lage ist, einem Alltagsleben nachzugehen, zu arbeiten, sich zu amüsieren, zu lieben, zu hoffen, wie jeder andere auch ... Ich habe diese Illusion, denn es kann sich nur um eine Illusion handeln, dass Sie dieser Mensch werden könnten, wenn wir immer zusammen wären. Liege ich falsch?«

Arsène Lupin murmelte leise: »Vielleicht nicht ...«

Cora fuhr fort: »Verstehen Sie, ich vergesse in solchen Momenten diese eine Seite, die ... wie soll ich sie bezeichnen ...?«

»... die steinige?«

Sie lächelte: »Wenn Sie so wollen ... die steinige Seite Ihres Lebens ...«

»Auch der raue Berg hat grüne Täler.«

Er brach dieses allzu intime Gespräch abrupt ab, um sie beschwingt zu fragen: »Erzählen Sie mir doch, liebe Cora, was haben Sie heute Morgen gemacht?«

»Ich habe Klavier gespielt, Ihr Musikregal ist mit den besten Werken ausgestattet. Ich habe gelesen ... Und ich habe über die wichtigsten Dinge nachgedacht ...«

»Ah! Da bin ich aber neugierig zu erfahren, welche das sind. Verraten Sie sie mir?«

Sie wurde ernst: »Das ist unumgänglich. Aber erzählen Sie mir zuerst, was passiert ist, seit wir uns getrennt haben.«

»Oh, nichts Wichtiges. Ich meine, nichts, was ich nicht erwartet hätte: Carbett ist gekommen, um sich bei Ihnen die Nase blutig zu schlagen, und das Meucheltrio hat sich durch meine elektrische Abwehranlage einfangen lassen; Sie haben ja gesehen, wie sie funktioniert, als ich den Kindern gezeigt habe, wie man sie bedient.«

»Sie sind sehr aufopferungsvoll, diese Kinder!«

Lupin, unmerklich verlegen, antwortete nur: »Ja. Sehr intelligent.«

Und dann fügte er schnell hinzu: »Wenn ich sage, dass nichts Unerwartetes passiert ist, dann übertreibe ich. Ein unerwartetes Vorkommnis, obwohl es mich nicht außerordentlich überrascht hat, gab es schon. Auch Dawson wurde von den Eisenklammern im Innenhof gefangen. Er war gekommen, um meine Vitrine aufzubrechen und das Buch zu stehlen, von dem ich Ihnen erzählt habe.«

»Oh, das kann doch nicht wahr sein! Aber warum?«

»Ah, er ist nicht der Snob im Müßiggang, der er zu sein schien. Er hat uns getäuscht: Er ist der Chef des britischen Geheimdienstes.«

»Donald?«

»Ja, Donald Dawson, Ihr kühl-distanzierter Freund, Ihr Flirt.«

»Was sagen Sie denn da? Sind Sie sich sicher?«

»Wir haben vorhin miteinander gesprochen.«

Er rückte seinen Stuhl näher, plötzlich hatte ihn der Mut gepackt: »Hören Sie, Cora, nun ist die Stunde der Überraschungen gekommen. Auch ich habe Sie getäuscht, aber mit den besten Absichten. Ich habe die Papiere eines Freundes, eines gewissen Capitaine André de Savery – ich bin Arsène Lupin ...«

Cora de Lerne reagierte höchst erfreut: »Ah! Welch ein Glück!«

»Wie, Glück? Arsène Lupin. Verstehen Sie, was das an Ausnahmen und Glücksverboten bedeutet?«

Er war aufgestanden, ging auf und ab und setzte sich dann schwerfällig auf ein Sofa.

Cora setzte sich neben ihn. Sie hatte einen vergilbten Brief aus ihrer Tasche gezogen und hielt ihn ihm hin: »Ich habe es gewusst«, sagte sie feierlich. »Hier, lesen Sie einen Ausschnitt aus dem Testament, das der Prinz de Lerne vor seinem Tod verfasst hat: *Unter Ihren vier Freunden muss sich dieser einzigartige Arsène Lupin befinden, dessen abenteuerlicher Charakter mich nicht erschreckt, im Gegenteil! Er versteckt sich unter einem Decknamen, und ich habe nicht herausfinden können, welcher es ist. Studieren*

Sie die Angelegenheit, finden Sie ihn, und Sie werden in ihm eine unverhoffte Unterstützung haben, er ist ein ehrenvoller Mann.‹ Was sagen Sie dazu?«

»Der Prinz de Lerne war unabhängig und isoliert. Es hat ihn wenig gekümmert ...«

Sie unterbrach ihn mit Verve: »Und ich möchte so sein wie er! Er fügt weiter hinten hinzu: ›Werden Sie glücklich.‹ Das ergibt Sinn. Und ich versichere Ihnen, dass ich fest entschlossen bin, diesen Ratschlag zu befolgen. Seit gestern bin ich noch entschlossener, was meine zukünftigen Entscheidungen angeht. Ich bin fest entschlossen, Sie zu heiraten.«

»Das ist unmöglich, ich habe Ihnen bereits gesagt, dass ich nicht heiraten kann.«

»Warum nicht? Wegen Ihres Zivilstandes?«

Lupin, sehr bewegt, versuchte zu scherzen: »Oh, der Zivilstand, sowas stört mich nicht, ich habe viele, ich habe Ersatz ...«

»Einer reicht mir, der echte. Ich wäre stolz, Ihre Frau zu sein. Hören Sie, André – macht es Ihnen was aus, wenn ich Sie weiterhin André nenne, ich habe mich daran gewöhnt –, ich liebe Sie, und ich glaube, Sie lieben mich.«

»Ich versichere Ihnen, Cora, dass es grausam ist, mir eine solche Freude in Aussicht zu stellen!«

»Aber warum? Ich liebe Sie. Ich liebe Sie aus ganzem Herzen. Wollen Sie leugnen, dass auch Sie mich lieben?«

Er schwieg.

Sie schrie beinahe: »Sie sind es, der grausam ist! Sie treiben mich in den Wahnsinn! ...«

Und sie fing an zu weinen.

Der Anblick ihrer Tränen überwältigte Lupin, er konnte nicht mehr widerstehen: »Meine Liebe, meine Liebste«, stammelte er. »Selbstverständlich liebe ich Sie! Ich kann ohne Sie nicht mehr leben, ich muss Sie sehen, muss Sie hören; Sie sind so schön, so edel, so außergewöhnlich, ich lebe nur für Sie. Ja, ich liebe Sie, ich habe Sie seit unserer ersten Begegnung geliebt. Seitdem habe ich Ihnen alle meine Gedanken gewidmet; mein Leben gehört Ihnen; ich habe nie eine andere Frau vor Ihnen geliebt, wirklich geliebt, und wenn Sie das hören wollten, können Sie jetzt zufrieden sein. Aber verlangen Sie nicht von mir, Sie zu heiraten, ich darf es nicht.«

Cora antwortete strahlend: »Damit ich Königin sein kann! Wieder dieser alte kindliche Traum! Ich habe keine Lust, Königin zu sein an der Seite dieses erbärmlichen Edmond von Oxford. Er ist banal und selbstgefällig. Er wird kein bisschen Kummer verspüren, wenn ich die Verlobung auflöse. Er wird ein Mädchen aus dem englischen Adel wählen, das besser zu seinen formellen Vorstellungen passt als ich und das sich freut, bei Hofe vorgestellt zu werden und eine Prinzessin zu sein. Ich hingegen werde Ihre Königin sein, das ist mein einziger Ehrgeiz, und die Königin der Kinder von Pantin, denn wir werden das Hôtel de Lerne verkaufen, um Earl Hairfall das Château des Tilleuls abzukaufen; und dort werden Sie Ihre Tätigkeit als Ausbilder und Stadtplaner weiterverfolgen. Ich helfe Ihnen dabei. Und in Paris behalten wir dieses Asyl als Zweitwohnung. Es wird uns immer an unser Bekenntnis erinnern.«

Arsène Lupin bekundete melancholisch: »Das ist alles zu schön! Das verdiene ich nicht!«

»Welchen Einwand könnte es noch geben? Diese beiden Kinder, Joséphin und Marie-Thérèse?«

Er erschauderte. Sie fuhr unbeirrt fort: »Übrigens, wo sind sie?«

»Sie sind nach Pantin zurückgefahren ... Ich habe ihnen etwas Geld gegeben, sie werden sich in meiner Kasematte einrichten. Joséphin ist mir dort nützlich, er ist der Tutor meiner Gruppen.«

Sie sagte zärtlich: »Ich habe alles verstanden, mein Lieber! Joséphin ähnelt Ihnen, Marie-Thérèse hat Ihr Gebaren ... Sie sind großartig, diese Kleinen. Sie sind kein Hindernis, sie haben einen Platz in meinem Herzen. Sie werden sie adoptieren.«

»Ach, Cora, ich liebe Sie so sehr! Was sind Sie nur für eine Fee, Mademoiselle de Camors ... denn nach dem dramatischen Tod des Prinzen de Lerne hat man Ihnen in einer literarischen Anspielung diesen Spitznamen gegeben.«

»Das wusste ich nicht! Ich finde es aber sehr lustig! ... Kommen wir zurück zu Ihnen. Es ist ein Ja, nicht wahr, Sie stimmen zu?«

»Ich bin überwältigt, ich bin es nicht gewohnt, aber ich bin unsterblich in Sie verliebt!«

Er schlang seine Arme um sie, sie ließ ihren Kopf auf seine Schulter fallen, und sie küssten sich lange.

Dann richtete er sich auf und flüsterte: »Ich hatte die berauschende Erinnerung an Ihre Lippen behalten, Cora. Sie haben sie mir schon einmal gegeben, erinnern Sie sich? Bei Ihrer Entführung?«

»Bei meiner Befreiung«, korrigierte sie ihn. »Ich verdanke Ihnen alles. Ah, wie ich Sie liebe!«

»Cora ... Meine Liebe!«

Er hatte sie wieder in seine Arme geschlossen. Plötzlich wich er besorgt zurück: »Es gibt noch eine Sache, die geklärt werden muss. Die berühmten Säcke mit dem Gold!«

»Das Gold befindet sich immer noch in der Krypta, wo es ausgeschüttet wurde. Was werden Sie damit machen?«

»Ich will es nicht haben, das wissen Sie. Ich will Sie, nur Sie, ohne Mitgift. Es ist schon zu viel, dass Ihnen das Hôtel de Lerne gehört ...«

»Das kann ich gut verstehen ... Aber keine Sorge, das Gebäude ist mit einer Hypothek belastet ...«

»Ganz einfach, wir schicken die Mitgift an Lord Harrington zurück. Ich hoffe, dass sich der Rückweg nach England unkomplizierter gestaltet als der Weg hierher.«

»Sie machen wohl Witze ... Damit bin ich nicht einverstanden! Ich sehe das so: Sie haben das meiste Geld, das Sie hatten, der Wissenschaft geschenkt. Dieses Gold werden wir für unsere Arbeit brauchen, lasst es mich behalten! Wir werden es investieren.«

»In Ordnung. Unter der Voraussetzung, dass Zinsen und Kapital ausschließlich anderen zugutekommen.«

»Abgemacht. Das steht außer Frage. Oh, André, was für ein zauberhaftes Leben wir führen werden!«

Sie wollte sich gerade wieder an ihn schmiegen, als es klopfte. Die Tür der Bibliothek öffnete sich und die Amme erschien: »Es ist fertig«, verkündete sie stillos. »Mein Soufflé ist hochgestiegen, es kann nicht länger warten.«

»Gut, nicht brummig werden! Hör dir diese unglaubliche Nachricht an: Ich werde heiraten.«

Sie sagte schlicht: »Zu früh ist es dafür nicht.«

André zeigte auf Cora: »Wir werden heiraten, die Demoiselle und ich.«

Sie ging zu Cora und sagte mit einem freundlichen Lächeln: »Das macht dann zwei Säuglinge. Ich werde mich gut um euch kümmern.«

Er bot Cora fröhlich seinen Arm an: »Glücklichsein macht hungrig. Lassen Sie uns zu Mittag essen! Ich werde Ihnen die

Ereignisse der Nacht und mein Gespräch mit Donald Dawson im Detail erzählen.«

Dann beugte er sich hinunter, um ihr Haar mit seinen Lippen zu berühren, und schlussfolgerte: »Ich weiß nicht, ob dies Arsène Lupins letztes Abenteuer ist, aber ich bin mir sicher, dass es seine letzte Liebe ist ... seine einzige Liebe!«